Wagner E. Stein

Wagner E. Steins Erzählungen

Erotische Kurzgeschichten
Band 2

Texte: © 2019 by Wagner E. Stein

Illustrationen: © 2019 by Irina Stein

Verlag und Druck: tredition GmbH, Halenreie 40-44, 22359 Hamburg

978-3-7497-8774-6 (Paperback)

978-3-7497-8775-3 (Hardcover)

978-3-7497-8776-0 (e-Book)

Inhalt

Hausmädchen Sieben

Janina von Bredenhorst, ihres Zeichens die dritte und an Lebensjahren bisher jüngste Ehefrau von Thorsten-Oliver von Bredenhorst, dem erfolgreichsten Baulöwen in der Region, führte ihre Teetasse mit spitzen Fingern an die Lippen und schlürfte vernehmlich. Wie erwartet hatte sie sofort die volle Aufmerksamkeit ihres Gatten. „Jannimaus, Du sollst doch nicht so geräuschvoll trinken. Ein solches Benehmen gehört sich einfach nicht in unseren Kreisen."

Der nachsichtig-väterliche Tonfall, der knappe, aber vorwurfsvolle Blick über die Zeitung und das anschließende, schwere Seufzen erzeugten einen kurzen und vertrauten Krampf in ihrem Magen, aber sie zwang sich zu einer vollumfänglich-entspannten Haltung, innen wie außen. „Ich habe ein neues Hausmädchen eingestellt, schon wegen den Feiertagen."

Das Nicken hinter der Zeitung wurde von einem zustimmenden Brummen begleitet. Sie schloss kurz die Augen und dachte sich ein schnelles „Yes!" – dieser Teil des Planes hatte schon mal geklappt.

„Es heißt übrigens ‚wegen der Feiertage', Jannimaus. Gewöhn Dir bitte endlich diese Gossensprache ab." Seine Stimme blieb monoton und unbeteiligt und die Zeitung bewegte sich kaum, als er sie belehrte, dennoch täuschte Janina einen Hustenanfall vor, um die kleine Essecke im Wintergarten schnell verlassen zu können. Im oberen großen Bad angekommen trommelte sie vor Wut gegen die Wand und schrie ihren angestauten Frust heraus.

~

Thorsten-Oliver fuhr auch am Vorabend des Weihnachtsfestes unermüdlich die Baustellen ab, führte endlose Telefonate mit Lieferanten und Subunternehmern und kam wie gewohnt erst weit nach acht Uhr zurück in die feudale Villa, die er mit einer Menge Schwarzgeld, nicht verbuchtem Material und illegalen Arbeitskräften in einem der bevorzugten Viertel der Stadt hatte bauen lassen. Seine nicht unattraktive Ehefrau räkelte sich in einem fast durchsichtigem Hausanzug auf dem ausladenden Büffelleder-Sofa im kleinen Salon und langweilte sich vor dem TV. Als er eintrat, richtete sie sich auf, freudig und mit einem ansatzweise lüsternen Blick.

„Willst Du lieber hier essen oder im kleinen Esszimmer? Oder im Großen? Oder im Büro oben?" Sie klang sehr diensteifrig und Thorsten-Oliver lächelte erfreut. „Ich esse hier."

Er ließ den Blick über den jungen, wohlgeformten Leib seiner Angetrauten schweifen und nickte ihr zu. „Isst Du mit?" Sie lächelte. „Nee, ich ess nix mehr. Ich werd' ma' duschen, dann husch ich vielleicht noch inne Sauna oder schwimm n' paar Runden im Innenpool."

Ihr Ehemann räusperte sich. „Wie heißt das richtig?" Janina sog die Luft geräuschvoll durch die Nase ein, beruhigte sich aber sofort und bemühte sich um eine deutliche Aussprache. „Nein, ich esse nicht mehr zu Abend. Ich werde duschen, dann gehe ich vielleicht noch in die Sauna oder schwimme ein paar Runden."

Thorsten-Oliver senkte wohlwollend den Blick. Janina fuhr fort. „Die Neue ist seit heute Vormittag da, ich habe sie eingewiesen und sie kennt sich schon gut aus. Sie wird das allein auf die Reihe krie..., äh, entschuldige, ich meine sie wird alles zu Deiner Zufriedenheit erledigen."

Die Dame des Hauses erhob sich mit elegantem Schwung, streckte ihren grazilen Körper und präsentierte auf diese Weise all ihre weiblichen Vorzüge, die sich unter dem dünnen Hausanzug deutlich abzeichneten. Thorsten-Oliver runzelte die Stirn. „Die Neue?"

Janina seufzte theatralisch. „Na, das neue Hausmädchen, ich habe Dir doch beim Frühstück von ihr erzählt. Sie heißt Ana, ist zweiundzwanzig und stammt aus Ungarn. Deutsche kriegt man leider nicht mehr."

Janina kam unwillkürlich der Termin vor wenigen Tagen in den Sinn. „Sie kenn' das ja jetzt: jung, schlank, zierlich, nicht zu groß, ne Püppi, wie immer. Mein Alter hat sein Geschmack noch nich geändert."

Die ältliche Agenturleiterin hatte ihren Mund verzogen und den Kopf geschüttelt. „Und die Zähne müssen gesund sein, ich weiß. Hier, sehen sie, das sind die

Mädchen, die in Frage kommen." Sie hatte den Bildschirm so gedreht, dass Janina ebenfalls die Fotos sehen konnte. Ana war ihr sofort ins Auge gestochen, sie war schon rein optisch die Richtige, sie erfüllte auf Anhieb die Mindestansprüche.

Danach hatte die Agenturleiterin ein sofortiges Treffen arrangiert, und auch das Gespräch mit dem Mädchen überzeugte Janina. Obwohl sie erst seit einem halben Jahr für die Agentur arbeitete, sprach sie passabel deutsch, zudem schien sie reinlich zu sein und sich in die bevorstehende Aufgabe gut hineindenken zu können.

Die letzten Details hatte sie an diesem Vormittag mit dem Mädchen geklärt und ihr die Dienstkleidung ausgehändigt. Kurz darauf war Ana in ihren durchaus ansprechenden Hausmädchendress geschlüpft: Weiße Spitzenbluse mit langem Arm, hochgeschlossen, aber figurbetonend, dazu ein schwarzer, glatter Rock, der ein wenig an Leder erinnerte und ihr bis deutlich über die Knie reichte, schwarze Seidenstrümpfe und Lacklederpumps in der gleichen Farbe.

Ihre lange, schwarz glänzende Mähne trug sie jetzt hoch gesteckt, sie war dezent geschminkt, zudem hatte sie ihre Fingernägel deutlich zurückgeschnitten und wie besprochen in einem unaufdringlichen Perlmuttton lackiert. So sah sie nobel genug für den feudalen Haushalt der von Bredenhorsts aus und auch Thorsten-Oliver würde sie in kürzester Zeit mehr als anziehend finden.

Und jetzt war es soweit: Das Spiel ging in die letzte Runde. Janina trat zu ihrem Gatten, umarmte ihn innig, gab ihm einen langen, beinahe schon unzüchtigen Kuss und seufzte dann. „Mir ist nicht so gut, mein Lieber. Ich geh nach der Sauna gleich in'n Bett."

Thorsten-Oliver verzog leidvoll sein Gesicht. „Zuuu Bett, Jannimaus, zu Bett heißt es. War der Sprachtrainer heute gar nicht da?"

Janina biss sich auf die Lippen und dachte mit Grausen an den knatteralten Professor der Germanistik, Herrn Dr. Wohlrath, der sie zweimal pro Woche in ‚gehobener Konversation' unterrichtete. „Doch, doch, er war da und hat mich über eine Stunde lang trainiert. Deshalb hab ich auch Kopfweh und gehe nachher gleich ‚zuuu Bett'." Thorsten-Oliver konnte seine Enttäuschung nicht verbergen. „Also wirst Du nachher nicht mehr herunterkommen, nach der Sauna?"

Sie schüttelte energisch den Kopf. „Es ist wieder die blöde Migräne, ich spüre sie jetzt schon. Und morgen haben wir so viele Gäste, da muss ich ausgeruht sein. Ach, und geh Du bitte ebenfalls rechtzeitig zuuu Bett und schlaf Dich aus. Du arbeitest immer soviel, Du Armer."

Er ließ den Kopf hängen und leckte sich über die Lippen. Sein Sinn stand ihm offensichtlich nach etwas Körperlichkeit, doch er kannte seine junge Frau inzwischen gut genug, um sich für den heutigen Abend keine weitergehenden Hoffnungen zu machen. ‚Nein' hieß bei ihr ‚Nein', das hatte er in der jüngeren Vergangenheit häufiger leidvoll erfahren müssen. Sie gab ihm einen letzten Kuss, der seinen Erregungszustand nicht gerade dämpfte, dann schwebte sie aus dem Raum.

Er klingelte nach dem Hausmädchen und war einigermaßen gespannt auf die Neue. Das musste die Sechste oder Siebte sein, in diesem Jahr. Sie alle waren von seiner Frau ausgesucht worden und sie alle hatten gepasst.

~

Die meisten Honorigen waren der von Bredenhorstschen Einladung gefolgt, zumindest diejenigen, die keine Kinder hatten oder deren Kinder bereits ein Weihnachtsfest mit der eigenen Familie feierten. Der Vorsitzende des Gemeinderates und seine Gattin, zum Beispiel. Und Herr Dr. Urbart aus dem Bauausschuss, von dem es hieß, er würde mit einem Mann zusammen leben (immerhin hatte er den Anstand besessen, diesen nicht zum Weihnachtsessen mitzubringen).

Dann Heinke Hansen, der Inhaber des Baumaschinen-Verleihs nebst Angetrauter, der Erfolgs-Architekt Wilhelm-Heinrich Dörrenbrink und Ehefrau, Karl-Friedrich und Katja Dinkhofen, die als Zwischenhändler für Baustoffe an jedem Projekt von Thorsten-Oliver mitverdienten, der junge Anwalt Benno Staffenhagen, der als Syndikus des Unternehmens tief in die Geschäfte eingebunden war sowie Graf Harro zu Wildenberg, den eine junge Dame namens

10

Chantal begleitete, von der niemand genau wusste, in welcher Gosse er sie aufgelesen hatte.

Janina von Bredenhorst seufzte entrückt, als sie die lange Reihe der Gäste Platz nehmen sah. Dieses Weihnachten würde ihr ein Fest sein, das wusste sie jetzt schon. Als die Hors Deuvres serviert wurden, beugte sich ihr geliebter Ehemann zu ihr herüber. „Wo ist denn die Neue, die Ana?"

Janina hob die Schultern und lächelte in die Runde, als sie flüsternd antwortete. „Ach, die Schlampe hat verschlafen, gleich am zweiten Tag, da hab ich sie rausgeschmissen. Aber es sind zwei Mädels vom Notservice gekommen, die kriegen das schon gebacken." Thorsten-Oliver nickte gequält, verzichtete aber auf eine Aussprachekorrektur hier im Beisein aller Gäste. Schade. Die Ana wäre ja schon nach seinem Geschmack gewesen, aber wenn sie so unzuverlässig war...

Kaum, dass der erste Gang serviert war, erhob sich Janina von Bredenhorst, nahm ihr Weinglas und schlug mit einem Silbermesser mehrfach dagegen. Thorsten-Oliver zuckte zusammen, das war ein Fauxpas, über den man sich in diesen höheren Kreisen noch im kommenden Jahr den Mund zerreißen würde.

Seine Gattin gab sich indes ungerührt, sie wartete, bis sie Gehör fand. Dann sprach sie, laut und weithin vernehmbar. „Liebe Freunde, schön, dass ihr zu uns gefunden habt an diesem heiligen Abend." Sie wartete brav die zaghaften Beifallsbekundungen ab und ignorierte die teilweise empörten Blicke der Gäste. Fröhlich fuhr sie fort. „Wir ham uns zwar geeinigt, uns nix zu schenken, mein Männe und ich, aber ich hab trotzden was für ihm!"

Sie lächelte und hob ihre Hände, so als wollte sie Thorsten-Oliver umarmen. Neben entsetztem Gemurmel wurde auch ein einzelnes Klatschen laut, das aber sofort wieder verstummte. Ihr Gatte erhob sich ebenfalls und bewegte sich düsteren Blickes auf sie zu. Sie ergriff seinen Arm, zog ihn zu sich heran und flüsterte ihm ins Ohr. „Ins Büro, sofort. Da erwartet Dich Dein Geschenk". Sie machte auf dem Absatz kehrt und erklomm die Treppe ins Obergeschoss mit ausladenden Schritten. Thorsten-Oliver hob entschuldigend die Hände und beeilte sich, ihr zu folgen. Seine junge Frau schien den Verstand verloren zu haben.

11

~

Er trat schwer atmend in das protzige Büro ein. Janina stand neben dem Schreibtisch, an dem ein fremder Mann in Anzug und Krawatte saß. Benno Staffenhagen, sein Firmenanwalt, lehnte auf der anderen Seite des Tisches an der Wand. Seine Ehefrau hielt eine CD oder DVD in der Hand und legte diese in das Abspielgerät unterhalb des großen LCD-Monitors ein.

Es dauerte nicht lange und Thorsten-Oliver erschien auf dem Bildschirm, stoß-seufzende Liebesflüstereien von sich gebend, die nackte Ana auf seinem ebenso nackten Schoß reitend. Das offenbar von einer an der Decke installierten Über-wachungscam aufgenommene Video lief weiter und die vier Zuschauer ver-brachten einige Schweigeminuten, in denen sie den teilweise akrobatischen Va-riantenreichtum des Bauunternehmers bestaunten.

Endlich schaltete Janina den Monitor aus und wandte sich an ihren Gatten. „So, das ist die Siebte, die Du hier in den Haus gefickt hast. Jede verdammte Putzschlampe, die ich in dies Haus geholt habe, hast Du gefickt und von jeder hab ich so'ne Videos. Sie sind alle bein Herrn Hallhuber in'n Safe."

Sie deutete auf den Mann im Anzug, der sich daraufhin erhob und eine Ver-beugung andeutete. „Hallhuber, von Hallhuber und Partner, Rechtsanwälte."

Janinas Stimmlage veränderte sich, sie klang plötzlich kalt. „Jetzt wird abge-rechnet, Du Arsch. Ich will die Scheidung! Herr Hallhuber, ihre Show!"

Der Angesprochene nickte kurz und griff nach einem Papier auf dem Schreib-tisch. „Nun, ich bin von ihrer Gattin offiziell als Rechtsbeistand mit der Wahr-nehmung ihrer Interessen beauftragt worden. Wir sehen hier den Paragraphen 4 des gemeinsamen Ehevertrages aufs Schwerste verletzt. Sie erinnern sich: fort-gesetzte Untreue? Die Beweislage ist wohl eindeutig. Ich würde meiner Man-dantin aber von einer Klage abraten, wenn sie jetzt hier unterschreiben, im Bei-sein von zwei Advokaten, die als Zeugen gegenzeichnen. Sie verstehen: All die unerwünschte Publicity bei einer Gerichtsverhandlung bliebe ihnen erspart, Herr von Bredenhorst."

~

Janina tänzelte winkend aus dem Haus, so dass nun die Mehrheit der Anwesenden an ihrer Zurechnungsfähigkeit zweifelte. Ihr folgte der Anwalt Hallhuber, der die Gesellschaft knapp grüßte, bevor er der Hausherrin nach draußen folgte.

Am Ende schlich Thorsten-Oliver, begleitet von seinem Hausanwalt Staffenhagen, die Treppe herunter, presste die Lippen zusammen und stützte sich mit geballten Fäusten auf den mächtigen Tisch. Die Gäste waren still und warteten ab. Endlich atmete er tief ein und dann wieder aus und erklärte anschließend: „Meine Frau Janina und ich lassen uns einvernehmlich scheiden. Das soll aber ihre Laune nicht verderben, bitte fahren sie mit dem Weihnachtsmahl fort. Ich ziehe mich kurz zurück, wofür ich sie alle um Verständnis bitte.".

~

Janina schob die Sonnenbrille auf die Stirn und umarmte die dunkelhaarige, exotisch wirkende zierliche Frau. „Danke, Ana, hast'n echt super Job durchgezogen."

Die Angesprochene lächelte und hielt die Hand auf. „Ein Nacht Overnight und zehntausend Euro wie Du hast gesagt."

Janina zog zwei Briefumschläge hervor. „Hier die zehn Scheine für Dich, wie abgemacht. Und nochmal zwo Mille für die Agentur. Das ist ne Masse für'n Escort-Mädel, oder?"

Ana zählte die Scheine routiniert durch, steckte sie ein und nickte. „Isch bin gudd, weiß Du? Und jung. Männer zahlen viel für jung Frau."

Janina lachte. „Ja, Du bist megageil, das hab ich auf'm Video gesehn, und sehr gelenkig."

Die junge Ungarin sah ihre Auftraggeberin fragend an. „Thorsten jetzt muss viele Gäld zahlen an Disch?"

Janina grinste. „Ja, er muss Halbe-Halbe mit mir machen. Schätze, da krieg ich mehr für'ne Nacht zusammen als Du."

Das ungarische Escort-Mädchen hob die Schultern. „Is jetzt bittere Weihnacht für ihm, odär?"

Janina winkte ab. „Wohl eher zartbitter. Er hat mich das ganze letzte Jahr mit sechs von Dein Kolleginnen betrogen und wer weiß, wen er noch alles gefickt hat."

Sie zwinkerte dem jugendlich wirkenden Escort-Mädchen zu und wollte in ihr Mercedes-Cabrio steigen, als sie innehielt und sich noch einmal umdrehte. „Du, Ana, magste nich für mich arbeiten?"

Die Ungarin grinste kurz und schüttelte verlegen den Kopf. „Also, isch mach schon auch so mit Frauen, aber nisch so gerne..."

Janina lachte hell auf. „Ach was, doch nich als Nutte. Als Haushälterin!" Ana hob fragend die Hände. „Äh, warum jetzt?"

„Weil ich's einfach affengeil find, wie Du sprichst. Deutsch, meine ich."

~

Die seltsam anmutenden Methoden der Svetlana Schewzcenko

Es muss um die Jahrtausendwende gewesen sein, als Svetlana in Berlin eintraf. Sie schien Anfang zwanzig zu sein oder – wenn überhaupt – war sie nur wenig älter. Wie viele Mädchen, die aus der Ukraine in die Hauptstadt des seinerzeit stabilsten westlichen und zudem unverschämt wohlhabenden Landes einreisten, meldete sie sich persönlich bei einem der Oberhäupter der großen Familien.

Nicht, dass sich jedes Mädchen aus der Ukraine bei einem Anführer gewisser Organisationen angemeldet hätte, es gab ja viele, die vorhatten, einem normalen Beruf nachzugehen, doch für das Betätigungsfeld, welches Svetlana im Sinn hatte war es obligatorisch – und letztlich gesünder – sich des Schutzes eines Paten zu versichern.

Schon lange vor ihrer Ankunft in Berlin hatte sie Erkundigungen eingezogen – sie war die letzten drei Jahre in Moskau tätig gewesen, sie wusste, wie die Sache lief – und die meisten ihrer Informanten hatten den Namen von Igor Borotschew genannt. Sie benötigte zwei Tage, um eine Audienz bei ihm zu bekommen.

Igor war ein bestens gekleideter, gebildeter Mittvierziger mit vollendeten Manieren, doch sie gab sich keinen Illusionen hin: Er würde eine Probezeit vereinbaren und einen üppigen Anteil von ihren Einnahmen fordern. Hervorragende Einkünfte in der Probezeit bedeuteten, dass dieser Anteil sank und anders herum. Somit war sie interessiert daran, schon im Vorgespräch einen guten Eindruck zu machen. Außerdem hatte sie keine Lust, lange in irgendeinem Billig-Haus oder gar auf der Straße beweisen zu müssen, was sie wert war.

Igor erhob sich, als sie vor seinen Tisch trat und deutete auf den Sessel, der dort für Besucher bereit stand. „Bitte! Nimm Platz. Ich muss sagen, dass ich einigermaßen gespannt auf Dich bin..."

Sie lächelte. Natürlich hatte er sie auf Russisch begrüßt. Er konnte nicht wissen, dass sie neben Deutsch und Französisch auch Polnisch, Spanisch und Englisch fließend beherrschte. Sie ließ sich in das schwere Ledermöbel gleiten und antwortete in der Muttersprache des mächtigen Mannes. „Danke, Igor Borotschew. Auch ich bin gespannt: Ich höre Euren Namen überall in Berlin mit Ehrfurcht ausgesprochen. Und ich sehe, dass der Mann, der dazu gehört, einen guten Eindruck macht."

Er konnte nicht anders, als sich geschmeichelt fühlen. Auch er nahm wieder Platz, beugte sich vor und bedeutete den beiden kräftigen Männern, die mit ernsten Gesichtern direkt hinter Svetlana standen, etwas zurückzutreten. Dann faltete er die Hände, schloss die Augen und seufzte tief. „Ein hübsches Mädchen, soweit ich das sehen kann. Doch auf gewisse Weise kannst Du einem auch Angst machen: Ich habe hier drei Briefe – Briefe! In der Zeit von E-Mail und SMS! Und sie wurden deinetwegen geschrieben!"

Er schob die drei Schriftstücke – allesamt handgeschrieben, auf edlem Büttenpapier mit Wasserzeichen – zu ihr hinüber. Sie machte sich nicht die Mühe, auch nur einen Blick darauf zu werfen, stattdessen schlug sie die Beine übereinander und lehnte sich zurück.

Sie trug lange, helle Weichledderstiefel, die unter einem edlen Pelzmantel verschwanden. Ihr Gesicht – umrahmt von dunkelroten Haaren, die ihr in Wellen bis über die Schulter fielen – hatte den gesunden gebräunten Teint einer Südeuropäerin, obwohl man Mitte Januar schrieb. Die großen dunklen Augen, in deren Form sich eine teilweise asiatische Ahnenlinie erkennen ließ, waren mit dezentem Kajal betont, die hohen Wangenknochen und die zarte, beinahe zu kleine Nase dagegen wiesen keine Spur irgendeiner Kosmetik auf, die vollen, annähernd symmetrisch geformten Lippen glänzten ein wenig, doch auch an dieser Stelle hatte Svetlana auf eine aufdringliche Farbe verzichtet.

Da sie offenbar nicht gewillt war, sich die Briefe näher anzusehen, sondern einfach weiter lächelte, ergriff Igor eines der Papiere und hielt es ihr unter die Nase. „Der ist von Dimitrij Boskodan! Er bittet mich darum, Dich zu unterstützen, wenn es mir möglich ist. Sagt: Unter alten Freunden – und nein: kein Befehl – eine Bitte, schreibt er ausdrücklich! Kannst Du mir das erklären?"

16

Sie hob kurz ihre Schultern. „Wirklich, Igor Borotschew: Ich habe keine Ahnung. Es mag sein, dass er sich für mich verwendet, weil ich ihm einst einen Gefallen tat. Aber ich habe nichts mit diesem Brief zu tun."

Ihre Stimme hatte einen sanften, aber dennoch überzeugenden Klang. Der seinerzeit mächtigste Mann in Berlins Rotlichtmilieu kniff ein Auge zu. „Der Pate der größten Familie Moskaus schreibt mir aus freien Stücken und bittet mich – Moment: hier steht wörtlich ‚freundschaftlich'? – bittet mich um Unterstützung als alter Freund! Und bietet mir seine Hilfe an, sollte ich... ach egal: Wer zum Teufel bist Du, Mädchen?"

Sie erhob sich, legte ihre Handtasche auf den Sessel und löste den Gürtel ihres Pelzmantels. „Seht selbst, Igor Borotschew!" Sie ließ den Mantel zu Boden fallen und stand nackt bis auf die hellen, ledernen Stiefel vor ihm, hob die Arme anmutig über den Kopf und drehte sich langsam um ihre Achse. Dabei versuchte sie, Blickkontakt zu halten. Und sie behielt ihr Lächeln bei.

Igor Borotschew, der in eingeweihten Kreisen einen gewissen Ruf und sehr großen Respekt genoss, und zu dessen Alltag es gehörte, junge Nachwuchsnutten aus dem Osten Europas zu begutachten, schluckte trocken. Er musste widerwillig zugeben: Das hier war eine besondere Frau.

Vollendet gewachsen, eine Haut wie Samt, ebenmäßig, ohne jede Spur von Rötungen oder anderen Störungen, ja selbst ihr komplett enthaarter Schambereich wirkte wie mit einem Weichzeichner bearbeitet. Ihre Beine: Glatt und sehnig, aber nicht übertrieben muskulös, keine Anzeichen von Fettpölsterchen oder schlaffer Haut, ihr Bauch: flach, trainiert, der Nabel: niedlich, mit einem dezenten Piercing, die Brüste: Offenbar C-Cup, die berühmte volle Hand, stehend, fest und wohl gerundet, die Brustwarzen: Klein, mittelhell, unaufdringlich, fast genau so glatt wie der Rest dieser unglaublichen Haut, die Proportionen von Taille und Hüfte stimmten und der Po?

Er bat sie mit Blicken, sich erneut umzudrehen: Was für ein Hinterteil! Gardemaß, zwei Backen, auf denen man Nüsse knacken konnte, zu den Seiten eben so weit ausladend, dass sie eine erkennbar mädchenhafte Figur bildeten, doch so jugendlich als sei sie gerade Fünfzehn oder Sechzehn geworden. Ihr Gesicht:

17

Ein Traum, dazu der schlanke Hals, die zarten Schultern, die grazilen Arme, die langen, schmalen Finger: Welcher gesunde Mann würde diesem Engel nicht sofort verfallen?

Er nickte ihr zu und deutete auf die Stiefel, sie bückte sich und zog sie aus und erstmals konnte einen Blick auf die zarte Haut zwischen ihren Beinen werfen. Augenblicklich wurde ihm warm und er räusperte sich mehrfach. „Hast Du Dich operieren lassen, irgendwo?"

Sie schlug die Augen nieder und machte eine verneinende Geste. Auch ihre Fesseln waren schlank und endeten in kleinen, wohlgeformten Füßen. „Warum? Sind Euch irgendwo Narben aufgefallen?"

Er schüttelte den Kopf. „Nein, eben nicht. Alles an Dir wirkt so... perfekt. Auch Deine... Möse." Er konnte sich nicht erinnern, beim Aussprechen dieses für ihn so alltäglichen Wortes jemals gestockt zu haben, doch für das, was da eben zu sehen gewesen war, als sie sich gebückt hatte, klang dieser rüde Gassenausdruck viel zu vulgär – und völlig unpassend.

Sie lachte auf. Dann hielt sie inne, deutete auf die beiden Bodyguards und bat mit ihrem Blick um die Erlaubnis, näher kommen zu dürfen. Er nickte und winkte sie heran. Sie setzte sich vor ihm auf den Tisch, lehnte sich zurück, stützte sich mit den Ellbogen ab, winkelte ihre Beine an und spreizte sie – direkt vor seinen Augen. „Meint ihr das hier mit Möse, Igor Borotschew?"

Ihre Stimme klang belustigt. Er ließ sich in den Sessel fallen. Beugte sich vor. Rollte näher heran, ganz nah, bis er ihr zartes Aroma wahrnehmen konnte. Sie roch nicht – sie duftete. Und das, was er jetzt aus der Nähe sah, durfte man keinesfalls ‚Möse' nennen. Vagina oder Scheide klangen ihm zu klinisch, Muschi zu verspielt. Nein, das hier war etwas Heiliges. Er dachte angestrengt nach, um einen besseren Begriff zu finden, doch zu seinem Bedauern kamen ihm nur noch weniger passende Ausdrücke in den Sinn: Fotze, Pussy, Fut, Loch, Dose, Pflaume...

„Mein Gott... nein, Möse passt nicht. Oh, wie wunderhübsch! Wie zart! Wie..." Er fand keine Worte. Svetlana richtete ihren Oberkörper etwas auf – auch jetzt blieb ihr Bauch straff und faltenfrei – und suchte den Blick des mächtigen Mannes. Als er ihr endlich in die Augen sah, nickte sie ihm aufmunternd zu. „Ihr dürft sie gerne berühren. Ich mag das... und es steht Euch ohnehin zu, wenn Ihr mich unter Euren Schutz nehmen werdet, Igor Borotschew!"

Er sah sie an, als ob er sie nicht verstanden hätte. Irgendwann begriff er aber und senkte sein Gesicht in diesen Körperteil, zu dem ihm die passende Bezeichnung immer noch fehlte. Und spürte ein inneres Lachen, eine Freude, eine Helligkeit – er sprang auf und umarmte das überraschte Mädchen, das breitbeinig vor ihm auf seinem Schreibtisch saß. „Ich glaube, ich verstehe Dimitrij Boskodan! Hast Du ihm das auch gestattet? Ach, egal: Darf ich noch einmal?"

Er war außer sich und sie nickte lächelnd. Er gab sich dem Vergnügen lange hin, spielte mit Fingern, Zunge, Lippen, an ihr und in ihr, war völlig vernarrt in diese zarte, anmutige, betörende und wohlschmeckende Öffnung, für die er immer noch keinen Namen gefunden hatte. Endlich blickte er wieder in Svetlanas Gesicht. Sein Kinn glänzte feucht und seine Augen leuchteten glücklich. „Wie hat er sie genannt? Dimitrij, meine ich?"

Er deutete unbeholfen auf den zarten, dunkelrosa Spalt zwischen ihren Beinen. Sie brachte es fertig, etwas zu erröten. „Oh, er hat sich einer anderen Kultur bedient. Er hat ein Wort aus dem Altindischen benutzt..."

Igor Borotschew nickte atemlos und leckte sich die Lippen. „Ja, und?"

„Yoni. Er nannte sie Yoni."

Der Pate der seinerzeit größten und mächtigsten russischen Familie in diesem Teil der Welt legte den Kopf zur Seite und schloss die Augen. „Yoni! Ach, was für eine charmanter Name... Yoni... und so passend! Darf ich ihn auch benutzen?"

Sie hob die Beine an, drehte sich kurz, rutschte vom Tisch herunter und ließ sich in den Besuchersessel gleiten, achtete aber darauf, dass Igor weiterhin genügend von ihr zu sehen bekam. „Das wäre mir wirklich sehr viel lieber als Möse!" Sie lachte, doch dann wurde ihre Stimme ernst. „Bester Igor Borotschew, ich möchte nicht, dass ihr Euch Leuten verpflichtet fühlt, mit denen ihr sonst nichts zu schaffen habt. Wenn ihr erlaubt, würde ich gern die

19

gegenseitigen Bedingungen unseres Geschäftes allein mit Euch regeln – also bitte ich Euch, vergesst diese Briefe, die ohne mein Zutun zustande kamen."

Er sah sie lange an, dann nickte er. „Ihr habt recht, liebste Svetlana. Ich gebe zu, ich war zunächst böse, doch ich glaube Euch, dass ihr nichts damit zu tun habt. Ja, lasst uns nun über das Geschäft reden. In welchem Club möchtet Ihr anfangen?"

Sie erhob sich und begann, in dem feudal eingerichteten Büro auf und ab zu schlendern. Offenbar störte sie ihre Nacktheit überhaupt nicht, sie bewegte sich anmutig und gelöst, sah immer wieder zu ihm hinüber und sorgte dafür, dass er ihren Körper aus jeder denkbaren Perspektive zu sehen bekam. Währenddessen sprach sie so, als ob nicht er der Pate und nicht sie die Bittstellerin wäre, sondern sie zeigte ein erstaunliches Selbstbewusstsein. „Eigentlich, bester Igor, will ich in gar keinem Club anfangen. Sicher, ich werde irgendwo meine Probezeit absolvieren wie es in der Branche üblich ist, doch dann wäre mein innigster Wunsch, ein eigenes Haus zu leiten."

Er horchte auf. „Ein eigenes Haus? Gleich zu Anfang? Es gibt viele, die warten schon Jahre..."

Sie nickte und wandte sich ihm zu, tat einige Schritte in seine Richtung, die durchaus Erinnerungen an ein Profi-Model wecken konnten und beugte sich über den Tisch. Sie hauchte die Worte fast, doch sie schaffte es gleichzeitig, unaufdringlich energisch zu klingen. „Ich weiß. Doch ich kann ein Haus leiten, ich hatte bereits in Moskau Eines – dazu könntest Du durchaus Dimitrij befragen. Und ich biete Dir dreißig Prozent aller Einnahmen des Etablissements – ich dachte übrigens an das Pompeji."

Er sog den Atem ein. „Donnerwetter. Ein Angebot, das seinesgleichen sucht! Üblich sind... das Pompeji? Den teuersten und exklusivsten Club der Stadt?"

Sie deutete an sich herab und warf den Kopf in den Nacken. „Schau noch einmal genau hin, lieber Igor: In welchem Haus würde sich dieser Körper besser machen? Und höhere Preise erzielen?" Sie zwinkerte ihm zu und er lockerte die Krawatte. Dann nestelte er ein Tuch aus dem Jackett und wischte sich über Stirn und Mund. Sie dagegen setzte sich mit einer eleganten Bewegung zurück auf die Tischplatte, zog die Beine an, drehte sich und saß in der derselben Position vor ihm wie zuvor, als er sich geradezu ekstatisch in ihrem Schritt vergnügt hatte.

Dieses Mal legte sie ihm allerdings die Hände um den Kopf und zog sein Gesicht zwischen ihre Brüste. „Üblich sind 20-80 zu Gunsten des Hausbetreibers, Igor. Ich habe mich erkundigt. Ich mache Dir nur aus einem Grund ein besseres Angebot, und zwar weil Du mir aktiven Schutz bieten wirst: Ich brauche Leute von Dir rund um die Uhr im Gebäude. Es kann sein, dass sich alte Bekannte auf meine Fährte geheftet haben, die mir nicht wohlgesonnen sind. Außerdem sollst Du mich nicht nur vor der Konkurrenz, sondern auch vor der hiesigen Polizei schützen."

Er hatte die Augen geschlossen und atmete in tiefen, genießerischen Zügen den Duft ihres Dekolletees ein. Sie strich ihm zärtlich über die Haare. „Nun, was sagst Du?"

Er schüttelte den Kopf, blieb aber still. Offensichtlich hatte er keine Lust, diese berauschende Position allzu schnell aufzugeben. Sie gab ihrer Stimme einen ansatzweise enttäuschten Klang. „Gut, dann erweitere ich mein Angebot: Einmal im Monat halte ich eine ganze Nacht für Dich frei. Ich meine nicht eines der Mädchen, sondern mich selbst. Du darfst bestimmen, wann."

Er riss sich los und sah sie mit leuchtenden Augen an. „Einverstanden! Wir sind im Geschäft!"

Sie umschlang ihn mit ihren langen Beinen und lächelte. „Und die Probezeit? Nicht länger als eine Woche, oder?"

Er nickte und ging in die Knie. Sie zuckte leicht zusammen, als er seine Zunge sanft, aber ungeduldig in ihre zarte Öffnung gleiten ließ. Er verstand etwas davon, das konnte sie bei jeder seiner Bewegungen spüren. Und am Ende war er immer noch der Pate: Er durfte neue Mädchen ausprobieren, ohne jede Gegenleistung. Also entspannte sie sich. Sie machte die Tischplatte hinter sich frei und ließ ihren Oberkörper langsam zurücksinken: Igors kundige Zunge verursachte eine gewisse Aufregung in ihrem Unterleib.

Als kurz darauf die beiden Leibwächter hinzutraten und nach einem kurzen Zögern ihre Hosen öffneten, schloss sie kurz die Augen und atmete tief ein. Wieso sollte sie jetzt, wo sie so schon weit gekommen war, noch etwas riskieren? Sie beschloss, äußerst folgsam zu sein. Sie streckte den Kopf in den Nacken und öffnete ihren Mund. Die beiden großen, schwer gebauten Männer nahmen erfreut die Reihen blendend weißer, ebenmäßiger und makelloser Zähne zur Kenntnis – bei jungen Nutten aus dem Osten war ein solches Gebiss ihrer Erfahrung nach eher eine Seltenheit.

Zudem schob sich dieses äußerst gut gewachsene und sehr gesund und vital wirkende Mädchen ihnen förmlich entgegen: Sie ließen sich nicht zweimal bitten, diesem angenehmsten Teil ihrer Aufgaben als Igor Borotschews Leibwächter nachzukommen.

Als sie Svetlana eine Stunde später zum Fahrstuhl eskortierten, umarmte das Mädchen die beiden und gab jedem von ihnen einen langen und vertraulichen Abschiedskuss. „Ciao, Gregor, ciao Vitali! Fragt ihn ruhig, ob er Euch nicht abstellen will. Ich schätze, wir könnten eine Menge Spaß haben, wenn ihr die Bewacher meines Hauses wäret!" Sie schwebte in die Kabine und warf den beiden eine Kusshand zu, bevor die Türen sich schlossen.

Die Bodyguards sahen sich an. „Gregor, ich habe schon viele Nutten testgefickt. Aber keine war so wie diese. Ich glaub, ich hab mich verliebt."

Der andere kniff die Augen zusammen. Er knurrte seine Worte förmlich. „Lieber nicht, Freundchen! Wenn die einer liebt, dann ich! Lass also die Finger von ihr..."

Svetlana stand im Fahrstuhl und lächelte. Der erste Teil ihres Planes hatte besser funktioniert, als sie gehofft hatte. Vielleicht stimmte es, was man sich in Russland erzählte: Dass alle, die zu lange im Westen arbeiteten, irgendwann weich wurden – zu weich für gewisse Geschäfte. Aber das sollte ihr egal sein. In diesem Fall hatte es ihr geholfen: Sie würde schnell ihr eigenes Haus bekommen und Igor würde sie dabei unterstützen, unentdeckt zu bleiben – und mit etwas Glück sogar deutlich länger als in Moskau.

~

Das Äußere der beiden Männer in dem Hotelzimmer entsprach in nahezu jeder Hinsicht dem Klischee des Geheimdienstlers: Nicht nur, dass sie exakt gekleidet waren wie klassische Hollywood-Agenten – dunkelgrauer Anzug, Hemd, Krawatte, kurzer Haarschnitt, blankgeputzte Lederschuhe – nein, sie saßen überdies vor einem Monitor, auf dem offensichtlich das Bild eines Fernüberwachungs-Objektives dargestellt wurde. Viele kompliziert wirkende technische Geräte, die teilweise mit dem Monitor verbunden waren, vertieften den Eindruck, dass es sich um eine professionelle Beschattung handelte.

Einer der beiden schien relativ jung zu sein, der andere hatte graue Schläfen sowie ein verlebtes Gesicht, in dem sich Falte an Falte reihte und das überdies recht blass wirkte.

„Verdammt, was will der Dienst nur von der Nutte da?"

Der Jüngere hatte gesprochen. Er deutete auf den Monitor, auf dem eine Frau ins Bild kam. Ein junge, äußerst hübsche Frau, die nichts weiter als schwarz glänzende, übertrieben hochhackige Pumps trug. „Hey, Konrad, sieh her: Da ist sie mal völlig blanko!"

Der Ältere trat heran, hustete kurz und sah seinem jüngeren Kollegen über die Schulter. Dann nickte er. „Ja, nicht schlecht, die Kleine. Sieht gesund aus."

Er wandte sich wieder seinem Klemmbrett zu, kniff die Augen zusammen und suchte besseres Licht zum Lesen. Doch der Jüngere ließ nicht locker. „Mein Gott, Du bist schon tot, oder? Dieser Anblick muss doch auch so einen alten Knacker wie Dich umhauen!"

Er lachte. Kevin Brenner lachte gern, wenn er glaubte, einen guten Witz gemacht zu haben. Sein älterer Partner, Konrad Wegener, winkte ab und räusperte sich ausgiebig, bevor er sprechen konnte. „Beruhig Dich mal, Kevin. Erstens gehört mehr dazu, mich wild zu machen als nur der Anblick eines hübschen Arsches, zweitens geht man es im Alter tatsächlich etwas ruhiger an. Und drittens ist das Mädchen da höchstens Zweiundzwanzig – sie könnte also leicht meine Tochter sein, und da verbietet sich jeder unkeusche Gedanke fast von selbst." Er grinste und hielt das Klemmbrett weit von sich weg. Dann schüttelte er den Kopf. „Zu dunkel, hier."

Der jüngere Mann erhob sich von seinem Stuhl und deutete auf den Bildschirm. „Trotzdem frage ich mich: Was will der Dienst von einer russischen Nutte? Ich meine, womit verbringen wir hier eigentlich unsere Zeit? Ist das noch eine weitere Prüfung oder sowas? Ich will endlich mal raus und echte Fälle erleben..."

Konrad Wegener hustete wieder, etwas angestrengter als zuvor und zwang sich zu einem Lächeln. „Sie stammt aus der Ukraine, sie ist also keine Russin. Und irgendwas an ihr wird schon wichtig sein. Du willst natürlich gleich die Welt retten und sowas. Aber find Dich mal damit ab, dass Du momentan diesen Beschattungsjob hast. Mit mir, dem erklärten Alteisen der Abteilung. Du bist eben der Frischling und ich werde gemäß der Vorschriften in zwei Monaten den Außendienst verlassen – dann bin ich Fünfundfünfzig und komme an den verdienten Schreibtisch. So lange, mein Lieber, machen wir hier unsere Arbeit und beschweren uns nicht, okay?"

Kevin Brenner hob die Schultern und ließ sich wieder auf dem Drehstuhl nieder. „Dein Husten klingt nicht gut, Konrad, nur mal so nebenbei. Warst Du deswegen schon beim Arzt?"

Der ältere Mann runzelte die Stirn. Ein Schatten überzog sein Gesicht, doch dann winkte er ab. „Eine Erkältung, mehr nicht. Pass Du lieber auf, was da drüben passiert."

Er ging zu dem Sofa, das in der Mitte des Zimmers stand und ließ sich schwer atmend nieder, während sein jüngerer Kollege einige Minuten lang wortlos auf den Monitor starrte. Plötzlich fing dieser an, wild mit den Armen zu rudern. „Komm, komm, Blow-Job, Blow-Job in Großaufnahme..."

Der Ältere schüttelte den Kopf, blieb aber auf dem Sofa sitzen. „Meine Herren, jetzt bleib mal cool. Sie ist eine Nutte – da wäre es traurig, wenn sie dem Freier nicht einen blasen würde."

Doch sein jüngerer Kollege wollte sich nicht beruhigen. Er klang atemlos. „Mag schon sein, aber das hier ist was Besonderes. Sie hat noch gar nichts anderes getan, der Typ kommt rein, sie macht die Hose auf, geht auf die Knie, holt ihn raus – nicht mal steif ist er – und nimmt ihn in den Mund! Und sonst nichts!"

Konrad Wegener seufzte. Schwerfällig erhob er sich und trat hinter seinen Partner, der aufgeregt auf den Bildschirm deutete. „Siehst Du? Das geht jetzt schon seit zwei Minuten so – keine Bewegung! Normalerweise, also wie ich das kenne, machen die Frauen dabei...“

Konrad legte dem deutlich jüngeren Mann die Hand auf die Schulter. „Hoh, Brauner, ganz ruhig. Man merkt, dass Du noch etwas grün hinter den Ohren bist. Sie wird eben eine geschickte Zunge haben. Und sieh Dir ihren Freier an: Der sieht aus wie scheintot – dem wird es lieber sein, wenn die Kleine es nicht so wild angeht.“

Kevin klang nicht überzeugt. „Aber der hatte noch nicht mal einen hoch, als sie ihn in den Mund genommen hat...“

„Eben. Männer in diesem Alter leiden hin und wieder mal unter diesem Problem und das gute Mädchen da wird ihm helfen – Hochblasen wird das übrigens im Volksmund genannt.“ Konrad Wegener hustete kurz, schlenderte zurück zum Sofa und ließ sich der Länge nach darauf nieder. „Kevin, weck mich, wenn etwas wirklich Spannendes passiert. Ich mache mal ein Nickerchen.“

Allerdings kam er nicht dazu, einzuschlafen. Es dauerte vielleicht zwei oder drei Minuten, als sein jüngerer Partner erneut völlig aufgeregt wurde. „So, und das glaube ich jetzt nicht: Der Typ ist gekommen! Verdammt, Konrad, sieh Dir das gefälligst an: Der mickrige, alte Knacker, der eben nicht mal einen hoch bekommen hat, ist nach so kurzer Zeit fertig – und haut dem Mädchen eine Ladung in den Mund, dass sie richtig schlucken muss – mehrmals sogar, ich glaub es nicht, der hört ja überhaupt nicht mehr auf!“

Seine Stimme überschlug sich fast. Konrad dachte kurz darüber nach, ihn durch einen etwas ruhigeren und älteren Kollegen ablösen zu lassen, doch das würde der Karriere des jungen Nachwuchsagenten nicht bekommen. Also kämpfte er sich seufzend hoch und verließ sein gemütliches Lager.

Das Mädchen auf dem Monitor wischte sich gerade mit dem Handrücken über die Lippen. Konrad Wegener musste zugeben, dass ihn diese Geste nicht völlig kalt ließ, zumal sie eine echte Naturschönheit war: Ebenmäßig, auf ihrer Haut kein erkennbarer Makel, Ideal-Brüste, insgesamt gesund und durchtrainiert, volle Lippen, eine kleine, fast asiatisch anmutende Nase, elegant geschwungene Wangenknochen, dunkle, ins rötliche spielende Haare.

Natürlich nur, wenn die Farbwiedergabe stimmte, denn bisher hatten sie keinen Reallicht-Abgleich durchführen können, aber insgeheim bewunderte Konrad Wegener die Auflösung der Kamera: man sah wirklich jedes Detail, ganz als ob man in dem kleinen Zimmer dort drüben auf der anderen Straßenseite direkt neben dem Freier und dieser ausnehmend hübschen Nutte stehen würde.

Ja, und dieses Traum-Mädchen hatte dem ältlichen, fast hinfällig wirkenden Mann soeben mit Erfolg einen geblasen, wie es schien. Sie leckte sich mit der Zunge über die Lippen und erhob sich. Zeitweise verdeckte ihr äußerst appetitliches Hinterteil den Aufnahmebereich, dann sah man, wie sie ihren älteren, dürren Freier zum Bett geleitete, ihn hinlegte und anschließend zudeckte.

Kevin hieb auf den Tisch. „Hah! Das ist doch nun alles andere als normal, oder?"

Konrad klopfte sich auf die Brust, um dem hartnäckigen Hustenreiz zuvor zu kommen und legte anschließend seinem jungen Kollegen erneut die Hand auf die Schulter. Seine Stimme bekam einen altväterlichen Klang. „Beruhige Dich. Der Typ ist alt und hat jede Menge Geld: Er hat sie die ganze Nacht gebucht. Schau ihn Dir an: Der wird nicht acht Nummern hintereinander schieben so wie die jungen Hengste in Deinem Alter. Jetzt erholt er sich von der ersten Anstrengung, das Mädchen liegt neben ihm und krault ihm seine Eier und nachher gibt es noch einen Nachschlag. Und vielleicht reden sie auch miteinander. Mehr läuft da nicht."

Kevin wollte nicht so leicht aufgeben. „Aber das eben hättest Du sehen sollen: Der hat mehr als eine halbe Minute lang in ihren Mund gespritzt, sie musste fast ununterbrochen schlucken! So etwas habe ich noch nicht zustande gebracht!"

„Vielleicht hat er lange gespart?" Konrad zwinkerte seinem jungen Partner zu. Dann klopfte er ihm auf die Schulter. „Und nun komm wieder runter und mach Deinen Job. Beobachte, schreib auf, was Dir wichtig erscheint und analysiere. Die werden Dich nur mit raus nehmen, wenn Du auch hier einhundert Prozent gibst."

Kevin Brenner seufzte. „Na gut. Ich hoffe nur, es dauert nicht ewig."

Konrad Wegener war inzwischen wieder bei dem Sofa angekommen und hatte es sich gemütlich gemacht. Selbst bei der andauernd schlechten Beleuchtung – sie durften kein helles Licht anmachen, um sich nicht zu enttarnen – wirkte er äußerst blass. Auch seine Stimme klang erschöpft. „Es gibt Schlimmeres. Schau mal, wir haben es gut hier: warm, bequem, Essen auf Bestellung. Nicht jede Beschattung kann von einer Hotelsuite aus stattfinden. Genieß es einfach. Und übrigens: Es kann durchaus Wochen dauern. Besser, Du suchst nach Dingen, die Dir hier gefallen."

~

Konrad Wegener hielt sein Telefon so weit von sich weg, wie es ging und blinzelte trotzdem eine Weile, bis er die Buchstaben erkannte. Endlich war er sich sicher, den richtigen Kontakt ausgewählt zu haben und drückte auf das Symbol mit dem grünen Hörer. Es dauerte einen Moment, es knackte mehrmals, dann war eine Verbindung hergestellt. Die Stimme auf der anderen Seite klang gereizt. „Wegener? Ich hoffe, es ist wichtig."

Der alternde Agent nickte und bemühte sich um ein Lächeln. „Ich denke ja, Chef. Es geht um… nun, mein Partner scheint den Anforderungen nicht ganz gewachsen zu sein. Ich bräuchte hier eher jemanden, der dem Thema nicht so… sagen wir: persönlich betroffen gegenüber steht."

„Was?"

Konrad räusperte sich. „Chef, er spielt Geheimagent, deutet in jede Kleinigkeit irgendeine krude Sache hinein und will mit Gewalt Ungereimtheiten finden. Er ist nicht objektiv – sie kennen das beim Nachwuchs: Er will lieber die großen Fälle und hinaus in die weite Welt. Nur mit der Beschattung des Mädchens kommen wir nicht weiter auf diese Weise."

Auf der anderen Seite herrschte eine Weile lang Schweigen. Dann erklang die Stimme wieder, um einiges versöhnlicher diesmal. „Ach, ihr beschattet ja

Natalia Romanow, die neue Star-Hure im Pompeji. Was für Gedanken hat sich Brenner denn bisher gemacht?"

Konrad Wegener hob unwillkürlich die Schultern und hustete kurz. Immer, wenn er in letzter Zeit in Situationen geriet, in denen er viel reden musste, spielten ihm seine Bronchien einen Streich. Oder seine Lunge – die Ärzte waren sich da noch nicht einig.

Er holte tief Luft und versuchte, es kurz zu machen. „Ach, alles an den Haaren herbeigezogen. Statistiken über die Häufigkeit von Oralverkehr, die durchschnittliche Dauer der Ejakulation jedes Freiers, die Abweichung von der üblichen Verbleibszeit, all so ein Mist. Die junge Dame ist offenbar ziemlich angesagt und hat überwiegend gut situierte und vor allem ältere Männer als Kunden, die die ganze Nacht bleiben. Und er will ein Muster in dem Ablauf der Besuche gefunden haben, das für Nutten eher unüblich ist. Außerdem..."

Die Stimme auf der anderen Seite unterbrach ihn unwillig. „Gut, er soll mir seinen Bericht raufschicken. Ihr seid jetzt etwa drei Wochen an dem Mädchen dran, genau vierundzwanzig Tage. Braucht ihr noch etwas? Technik? Unterstützung?"

„Ton? Es wäre schön, wenn wir irgendwann auch mal hören könnten, was sich da abspielt, Chef."

Wieder eine kurze Pause, dann ein Räuspern. „Tja, geht nicht, Wegener, leider. Aus irgendeinem Grund kriegen wir da keinen Mann rein und gegen Richtmikrofone ist das Gebäude geschützt. Sonst noch was?"

Konrad Wegener überlegte, doch sein Chef kam ihm zuvor. „Ich kann euch ja mal eine Orgie auf eurem einsamen Hotelzimmer organisieren, so zur Entspannung? Muss ja enorm anregend sein, was ihr da jeden Tag zu sehen bekommt!"

Konrad blickte ungläubig auf sein Telefon: Lautes Gelächter drang aus dem kleinen Lautsprecher. Das sollte sein Chef sein? Er konnte sich nicht erinnern, ihn jemals so erlebt zu haben: scherzend, lachend, aufgeräumt. Doch er beschloss, die Gunst der Stunde zu nutzen und ein ernsthaftes Anliegen vorzutragen. „Doch Chef, eine Sache gäbe es noch, die uns helfen würde: Worum geht es hier eigentlich? Ich meine, warum ist diese Nutte für den Dienst wichtig? Wonach suchen wir?"

Augenblicklich verstummte das Gelächter auf der anderen Seite. Wieder herrschte Schweigen, dann folgte ein Räuspern. „Ach, das ist irgendwas vom Außenministerium, eine Routinesache. Geht wohl um die Verletzung der Einwanderungsvorschriften oder Menschenhandel."

Schweigen. Rauschen. Knacken. Konrad war vorsichtig. „Mhm, ja, ich meine nur, wenn wir wüssten, worauf wir achten sollen, das würde uns wirklich helfen..."

Wieder eine lange Weile nur die üblichen elektronischen Geräusche die zeigten, dass die Verbindung immer noch bestand. Endlich erklang die Stimme des Chefs, nun aber eher gehetzt und kurz angebunden. „Kann ich euch nicht sagen, Männer, noch nicht. Aber bleibt am Ball. Und meldet alles Ungewöhnliche. Und wegen der Orgie – das leite ich in die Wege, hab da noch ein graues Budget. Bis bald und Ohren steif, Wegener."

Knack. Stille.

Konrad schüttelte den Kopf. Auf einmal erschien ihm einiges an diesem Auftrag seltsam. Und er begann mit der Erfahrung von sechsunddreißig Dienstjahren, den Fall aus einer anderen Perspektive zu betrachten.

Er steckte sein Diensttelefon weg, hustete den Schleim hoch, der ihm auf den Bronchien lag, ging ins Bad, spuckte den rostbraunen Auswurf ins Klo, spülte und trat anschließend an den Tisch, an dem sein junger Kollege gebannt auf den Monitor starrte. „Hallo, mein lieber Kevin, ich möchte jetzt mal gern Deine ganze Theorie hören. Und da Lady Natalia ihren derzeitigen Kunden gerade ins Koma versetzt hat, passt es Dir jetzt doch sicher?"

Konrad Wegener setzte sich demonstrativ vor den Bildschirm. Kevin Brenner zuckte mit den Schultern, erhob sich, angelte eine Akte aus dem Regal und schlug sie auf. Dann sah er sich kurz um, deutete auf das Sofa und machte sich auf den Weg dorthin. Der ältere Mann grinste kurz und folgte ihm.

Nachdem beide saßen – der eine auf dem Sofa, der andere in dem fast genauso großen Sessel – holte der jüngere Mann tief Luft und begann seinen Bericht. „Also. Zunächst mal ist unsere Natalia nicht Natalia – das ist offenbar nur ein vorübergehender Künstlername."

„Woher weißt Du das?"

Kevin legte seinen Ordner auf den Tisch und lehnte sich zurück. „Entweder, Du lässt mich berichten oder Du liest es Dir selbst durch. Diese Zwischenfragen wegen Nebensächlichkeiten lenken nur ab."

Konrad hob beschwichtigend die Hände. „Okay, okay. Trag Du vor, ich frage später. Also: Natalia ist nicht Natalia. Wer ist sie dann?"

„Offenbar heißt sie mit bürgerlichem Namen Tatjana Tchechow. In Moskau ist sie als Svetlana Schewzcenko aufgetreten, in Kiew als Katarina Smolewa. Sie bleibt nie lange an einem Ort, aber überall arbeitet sie im Milieu, bisher immer in Häusern, nie auf der Straße und nie als Callgirl. Sie dürfte tatsächlich etwas älter als Zweiundzwanzig sein, nämlich eher Anfang dreißig – und sie macht diesen Job seit ihrem fünfzehnten Lebensjahr."

Konrad pfiff durch die Zähne. „Donnerwetter. Ein zähes Biest, die Kleine. Man sieht ihr nicht an, wie lange sie schon für Geld die Beine breit macht."

Kevin nickte, offenbar erfreut darüber, dass sein älterer Kollege ihn endlich ernst nahm. „Richtig. Sie ist gesünder, als sie sein dürfte: Zähne, Haut, Haare alles Eins A, keine Brüche, Prellungen, Verrenkungen, Verbrennung, alles Fehlanzeige, nicht mal Narben. Keine Infektionen oder Ansteckungen bisher – in der Branche innerhalb von fünfzehn aktiven Jahren eigentlich unmöglich. Alle durchgeführten Gesundheitsinspektionen ohne jeden Befund. Wenn man jetzt noch dazu rechnet, wie gefährlich ihre Spezialität ist…"

Der Ältere richtete sich interessiert auf. „Spezialität?"

Kevin seufzte kurz und rollte mit den Augen, winkte dann aber ab. „Ja, zumindest die, die ich in den letzten vierundzwanzig Tagen beobachten konnte… da wirst Du nie drauf kommen! Sie hat einen Fetisch, dem sie echt viel Zeit opfert. Oder sie wird extra dafür gebucht, von entsprechenden Liebhabern."

„Komm zur Sache, Junge. Was ist es?"

Der jüngere Mann lehnte sich wieder zurück und schmunzelte. Er genoss die Situation sichtlich. „Rate! Du hast so viel Erfahrung! Rate doch einfach!"

Konrad dachte kurz nach. „NS."

Kevin beugte sich vor und hieb auf den Tisch. „Verdammt! Woher weißt Du das? Hast Du meine Unterlagen heimlich gelesen?"

Der ältere Mann schüttelte den Kopf, grinste und hustete kurz. „Nee. Logisches Denken: Gesundheitsgefährdende Praxis, viel und lange Schlucken... was bleibt da sonst übrig?"

Kevin kniff die Augen zusammen und hob einen Zeigefinger. „Aber..."

Konrad tat ihm den Gefallen und fragte nach. „Was: Aber?"

Der jüngere Mann spitzte die Lippen. „Es sieht auf den ersten Blick tatsächlich nach Natursektspielchen aus, doch etwas daran ist auffällig. Also, nicht dass ich mich damit besonders gut auskennen würde..."

Konrad Wegener lachte kurz auf und schlug seinem Partner aufmunternd auf die Schulter. „Nein, klar kennst Du Dich nicht damit aus – jedenfalls nicht aus eigener Erfahrung, stimmt's?"

Er zwinkerte Kevin zu und dieser wurde rot. Dann senkte der junge Agent die Stimme und sprach betont langsam. „Tatsächlich kenne ich mich mit Natursekt nicht besonders gut aus, jedenfalls nicht in der angewandten Praxis. Ich habe allerdings lange recherchiert, und danach handelt es sich um eine offenbar doch weiter verbreitete Spielart als man annehmen mag..."

Der ältere Mann bemühte sich, ernst zu bleiben. Er gab Kevin zu verstehen, dass er fortfahren solle, was dieser auch tat, wenngleich er sich offensichtlich verulkt fühlte. „Dabei gibt es eine klare Unterscheidung in aktiv und passiv, wobei aktiv in diesem Fall bedeutet, dass man Natursekt spendet und passiv..."

„... und passiv heißt, dass man die Pisse trinkt!" Konrad sprang auf, schlug sich auf die Schenkel und konnte sein Lachen nicht mehr unterdrücken.

Kevin saß derweil vor seiner geöffneten Akte und starrte düster vor sich hin. Nach einer Weile kam sein älterer Kollege näher und hob eine Hand. „Entschuldige bitte. Frieden? Es war nur so..."

Der junge Agent atmete tief ein und schloss die Augen. Seine Stimme klang unbeteiligt. „Ja, passiv ist, wenn man den Urin in sich aufnimmt, vorzugsweise durch den Mund." Er ignorierte das Kichern, das Konrad nicht unterdrücken konnte und fuhr ungerührt fort, als würde er einen wissenschaftlichen Vortrag halten. „Passiv kann natürlich auch bedeuten, dass man sich den Urin vom Sexualpartner auf die Haut oder in andere Körperöffnungen einbringen lässt..."

Ein kurzes Juchzen, gefolgt von einem heftigen Hustenanfall, bestärkten Kevin in dem Gedanken, seinem Kollegen den Aktenordner über den Kopf zu ziehen, doch er entschloss sich, einfach fortzufahren. Er klang, als würde er den Jahresbericht eines Kleingärtnervereins verlesen. „Gemeinhin neigt jeder Mensch aber dazu, entweder eher den aktiven Part zu übernehmen oder aber den passiven..."

Konrad hatte Tränen in den Augen. Er schüttelte verzweifelt den Kopf. „Bitte, Kevin, bitte nimm mir das nicht übel. Du sprichst darüber wie ein Roboter. Über Anpissen und angepisst werden... und als ob das üblich wäre..."

Wieder folgte ein Lachanfall und die Stimme des jüngeren Agenten wurde eisenhart. „Ja, genau! Und über die Ungereimtheiten in diesem Fall: Unsere Tatjana-Svetlana-Katarina scheint nämlich zu den eher seltenen Personen zu gehören, denen beides gleichermaßen Spaß macht! Sie hat bisher bei allen siebzehn beobachteten Kontakten zunächst passiv aufgenommen und anschließend aktiv gespendet!"

Die folgenden Worte gingen in einem frenetischen Lachanfall unter, der erst endete, als das Klopfen an der Hotelzimmertür so nachdrücklich wurde, dass beide erschrocken inne hielten und sich fragend ansahen. Kevin zog seine Walther PPK und gab Konrad zu verstehen, dass er ihm Deckung geben würde. Der ältere Mann schüttelte den Kopf und tippte sich an die Stirn. Er trat an die Tür und öffnete diese ohne jede Vorsichtsmaßnahme. Draußen standen drei junge Damen, dezent geschminkt und in zaghaft aufreizender Kleidung. Die vorderste von ihnen lächelte und ergriff das Wort.

„Hallo! Wir sind Babsi, Molly und Chantal. Ein Vögelein hat uns geflüstert, dass sich hier zwei einsame Männer ein wenig Unterhaltung wünschen! Dürfen wir reinkommen?"

~

Konrad Wegener bewegte missmutig den Joystick, mit dem er die Fernspäh-Infrarot-Kamera bewegen und ihre Schärfe justieren konnte. Drüben im Puff war alles ruhig: Diese Ukrainerin, die er beobachten sollte, ließ sich schon seit Stunden nicht blicken. Vielleicht hatte sie ihren freien Tag. Der alternde Agent streckte sich ausgiebig und rieb sich die Augen.

Vorgestern Nacht waren tatsächlich drei Nutten in dem Observierungszimmer aufgetaucht – ein ungeheuerlicher und in knapp achtunddreißig Dienstjahren einmaliger Vorgang. Einen Tag später hatte man Kevin Brenner abberufen. Zwei Kollegen waren erschienen, hatten einen Einsatzbefehl mit höchster Dringlichkeitsstufe vorgelegt und der junge, übereifrige Anfänger war in seinen ersten ‚richtigen' Außeneinsatz gegangen.

Seitdem studierte Konrad die Aufzeichnungen, die Brenner über die letzten drei Wochen angefertigt hatte. An der ganzen Geschichte schien in der Tat etwas faul zu sein, es konnte nicht sein, dass eine derart erfolgreiche Halbwelt-dame sich auf eine einzige Spezialität konzentrierte. Zudem war äußerst auffäl-lig, dass sie mit keinem ihrer Freier normalen Verkehr praktiziert hatte, sein junger Kollege hatte nicht einmal einen Hand-Job beobachten können. Und überdies war in den letzten sechsundzwanzig Tagen nicht ein einziger Kerl ein zweites Mal bei der jungen Ukrainerin aufgetaucht – ein ebenfalls unüblicher Umstand.

Konrad Wegener kratzte sich am Kopf. Er hätte Kevin ernster nehmen sollen: Wenn dessen Aufzeichnungen den Beobachtungen entsprachen – und daran hatte er im Grunde genommen keinen Zweifel – stimmte hier etwas ganz ge-waltig nicht. Und dann die ‚Orgie': Sein Chef hatte tatsächlich – innerhalb von Minuten – drei Nutten aktiviert und aller Wahrscheinlichkeit nach auch bezahlt, damit sie sich um ihn und Kevin Brenner in einer Weise kümmerten, dass jede weitere Observierung eingestellt wurde, zumindest in jener Nacht. Was war da geschehen?

Der alternde Geheimdienstmann stierte auf die verschiedenen Monitore, aber es rührte sich nichts: Svetlana schien vom Erdboden verschluckt worden zu sein. Nicht einmal ihre beiden massigen Bodyguards waren in dem großen Gebäude auf der anderen Straßenseite auszumachen.

Konrad spürte wieder das unangenehme Kitzeln in seinen Bronchien: Er konnte den Hustenreiz nicht länger unterdrücken. Dieses Mal wurde es schlimmer als jemals zuvor. Er wurde von heftigen Krämpfen geschüttelt, die kein Ende nehmen wollten. Unter stetigem Husten schleppte er sich ins Bad, er spürte den Schmerz in seinem Hals und seiner Lunge und er sehnte sich nach einem Schluck Wasser.

Wenn das so weiter ging, würde er das Rauchen auf seine alten Tage doch noch aufgeben müssen. Endlich war der Anfall vorüber und er spuckte den Auswurf ins Waschbecken. Eine kalte Hand schloss sich um sein Herz, als er die deutlichen Blutspuren sah, die sich in dem Schleim befanden. Er bemühte sich, ruhig zu bleiben, doch bei jedem Atemzug war ein ungesundes Pfeifen zu hören.

Er schwor sich, dass er zu einem Arzt gehen würde, wenn er diesen Auftrag beendet hatte, doch zunächst steckte er sich eine Zigarette an und schenkte sich ein Glas Rotwein ein. Der Wein floss kühl über seine Bronchien und Lungen und machte den beißenden Rauch erträglicher, den er angestrengt inhalierte.

Er kehrte an die Beobachtungsstation zurück und sah auf den Hauptmonitor. Es schien sich etwas zu tun: Eine weibliche Person stakste auf High-Heels in das Zimmer, das bisher nur von Svetlana benutzt worden war. Sie bewegte sich gezielt auf die Kamera zu, ja, sie winkte sogar. Konrad schüttelte den Kopf, rieb sich die Augen und setzte die Brille auf, doch das Bild blieb. Er betätigte den Joystick, um das Bild schärfer zu stellen und fuhr zurück: Die junge, spärlich bekleidete Frau dort drüben machte einen Kussmund in seine Richtung und grinste ihn an, das war eindeutig zu erkennen.

Hinter ihm klopfte es an der Tür des Hotelzimmers, das als Observierungs-Location vom Dienst angemietet worden und seit nunmehr sechsundzwanzig Tagen seine Heimat war. Kam endlich der Ersatzmann für Kevin Brenner?

Konrad Wegener beschloss, die grinsende Nutte in dem Puff gegenüber zu ignorieren und seinem neuen Kollegen zu öffnen. Er ging zur Tür, öffnete diese und starrte in das grinsende Gesicht eines recht hoch gewachsenen und breit gebauten Russen.

Bevor der kräftige Faustschlag ihn traf ging ihm durch den Kopf, dass dies einer von Svetlanas Leibwächtern sein musste. Er bewunderte einmal mehr die Auflösung der Fernspäh-Infrarot-Kamera, dann schaltete sich seine Welt mit einem schmerzhaften Blitz aus.

~

Als Konrad Wegener erwachte, war es dunkel, aber er war nicht allein. Er lag – wie es sich anfühlte – auf dem großen Doppelbett im Schlafzimmer der Suite, also befand sich noch in dem Hotel. Er hörte das leise Atmen weiterer Personen und roch einen äußerst anregenden weiblichen Duft, ganz in seiner Nähe.

Eine weiche Hand legte sich beruhigend auf seine pfeifende Brust. Dann erklang die Stimme einer Frau, direkt neben ihm. Sie sprach russisch. Leise und nachsichtig, aber auch eindringlich.

Ein Schnaufen aus dem hinteren Teil des Zimmers antwortete, dann redete der Leibwächter. Er schien ungehalten zu sein, war offenbar nicht einverstanden, doch die weibliche Stimme wurde lauter und energischer. Endlich gab der Leibwächter – Konrad war sich sicher, dass es sich bei dem Sprecher um diesen handelte – nach: Er trat näher und ergriff die Hände des alternden Geheimdienstmannes.

Konrad wollte sich wehren, doch er hatte keine Chance. Der bullige Bodyguard war um vieles stärker als er, er umschlang seine Handgelenke mit einem Seil und band seine Arme nach oben über den Kopf. Dann erklang wieder die

Stimme der Frau, die in unmittelbarer Nähe neben Konrad auf dem Bett sitzen musste – er konnte sie nicht sehen, weil man ihm die Augen verbunden hatte.

Die Worte, die sie sprach, waren offenbar Anweisungen, die der Leibwächter nur widerwillig befolgte. Schwere Schritte bewegten sich zur Tür, diese wurde geöffnet und wieder geschlossen. Eine kühle, weiche Hand legte sich auf seine Stirn. „Sie müssen Durst haben, Herr Konrad Wegener. Hier, trinken Sie..."

Sie hatte einen kaum erkennbaren russischen Akzent. Woher wusste sie, wie er hieß? Ein Glas wurde an seine Lippen geführt und er öffnete den Mund. Es war Wasser, er trank mit tiefen, durstigen Schlucken. Dann räusperte er sich. „Danke. Frau... Schewzcenko, nehme ich an?"

Er spürte ihr Lächeln und ihr Nicken. „So nenne ich mich hier, ja. Doch sagen sie Svetlana, das ist freundschaftlicher. Ich habe Vitali hinausgeschickt, weil ich mit Ihnen unter vier Augen reden muss. Darf ich Konrad sagen?"

Er nickte, soweit das seine Lage zuließ. Er war äußerst gespannt darauf, was jetzt folgen würde, aber seltsamerweise hatte er keine Angst.

„Hier, trink noch etwas, Konrad. Es wird Dir gut tun..." Sie rollte das ‚R' wie die typische Russin in einem schlechten Hollywoodfilm, doch ihm gefiel das: es machte sie sympathisch.

Wieder hielt sie ihm das Glas hin, es war aufgefüllt worden und er trank es erneut leer. Anschließend hustete er kurz. „Svetlana, gut. Warum bist Du hierher gekommen? Ich meine, wie lange weißt Du schon, dass wir Dich beschatten?"

Sie lachte kurz auf. „Oh, von Anfang an, Konrad. Das war Bestandteil der Abmachung – der Dienst sollte sicherstellen, dass mir nichts geschieht. Viele mächtige Menschen wollen mein Leben und meine Gesundheit bewahren und mir ermöglichen, unterzutauchen. Dafür eignet sich Deutschland derzeit am besten – ihr habt den schlechtesten Geheimdienst der Welt und überall Lücken in euren Sicherheitssystemen... doch trink noch etwas, die Klimaanlage macht eine sehr trockene Luft hier drin, die ist gar nicht gut für Dich."

Einmal mehr trank er das Glas aus und es fühlte sich tatsächlich gut an: Das frische Nass schien ihm direkt über die gereizten Bronchien zu laufen und sie regelrecht zu kühlen. „Warum willst Du untertauchen, Svetlana? Und wer sind diese mächtigen Menschen, von denen Du sprachst?"

Ein schlanker, wohlriechender Finger legte sich auf seine Lippen. „Pscht. Nicht so viele Fragen. Je weniger Du weißt, desto besser für Dich." Ihre Stimme klang belustigt.

Er versuchte, sich aufzurichten. „Mein Chef! Weiß mein Chef auch Bescheid?"

Er hörte, wie sie ihre Schuhe von den Füßen strich und diese auf den Teppichboden fielen. Dann legte sie sich seufzend neben ihn. Ihr Atem roch süß und in ihm regten sich Empfindungen, die er schon lange nicht mehr gespürt hatte. „Nein, Konrad, Dein Chef hat genauso wenig Ahnung, was hier geschieht wie Du. Der junge Mann aber, der vorgestern noch hier war … oh, der war mir auf der Spur."

„Und deshalb wurde er abgezogen? Sind Deine Gönner so mächtig?"

Sie nickte, er konnte das spüren. Dann fühlte er eine Berührung auf seinem Oberschenkel: Offenbar hatte sie ihr Knie auf sein Bein gelegt. Ihre Finger fuhren seinen Nacken entlang und er konnte ein kurzes Seufzen nicht unterdrücken. Ihr Mund näherte sich seinem Gesicht, ihr Atem schlug ihm direkt in die Nase. „Mir tut es so leid, dass Du da hineingezogen wurdest, Konrad. Ich mag Dich, weißt Du? Ich mag überhaupt ältere Männer…"

Er hielt die Luft an, als sich ihre Hand von seinem Hals löste und Augenblicke später auf seinem Bauch zu Liegen kam. Wieder rückte sie näher an ihn heran, nun konnte er ihren Körper der Länge nach spüren. Ihre Hand wanderte abwärts und im ersten Impuls versuchte er, der Berührung auszuweichen. Sie reagierte darauf, indem sie sich aufrichtete und sich an seinen Schuhen zu schaffen machte.

Kurze Zeit später war er barfuß – sie hatte ihm Schuhe und Strümpfe ausgezogen. Bevor er dazu etwas sagen konnte, spürte er erneut das Wasserglas an seinen Lippen. Während er gehorsam trank, stützte sie mit ihrer freien Hand den Kopf. „Ältere und vor allem alte Männer, Konrad, sind leicht zu durchschauen. Oft rieche ich schon, was mit ihnen nicht stimmt. Das lange Leben hinterlässt

Spuren, meistens tiefe Furchen, die sich immer nachteiliger auswirken. Ich habe die Gabe, sie sich wieder jung fühlen zu lassen... das kann ich allein mit meinem Körper tun..."

Der alternde Geheimdienstmann wurde steif wie ein Brett, als sie ihm direkt zwischen die Beine griff – sanft und zärtlich zwar, aber äußerst gekonnt. Er schüttelte den Kopf und atmete schwer, was ein deutlich wahrnehmbares Pfeifen zur Folge hatte. „Lass das bitte..."

Die Worte kamen gepresst, doch sie ließ sich nicht aufhalten: Ihre kundigen Hände öffneten den Reißverschluss seiner Hose und drangen weiter vor. In Sekundenschnelle berührten ihre schlanken Finger sein Glied, wanderten dann tiefer und massierten wie prüfend seine Hoden und suchten endlich die Stelle, an der Ärzte die Prostata ertasten. Konrad erstarrte förmlich: Wenn sie noch weiter auf diesen Punkt drückte, würde er nicht anders können, als Wasser zu lassen! Ihm fiel auf, dass er ohnehin einen starken Reiz verspürte, sich zu erleichtern und ihre vorwitzigen Finger machten alles nur noch schlimmer. Er keuchte auf. „Lass das, um Gottes willen, sonst bepisse ich mich hier wie ein Baby!"

Anstelle einer Antwort verstärkte sie den Druck und begann mit der anderen Hand, seinen Gürtel zu öffnen. Sie rutschte mit ihrem Kopf hinab, ergriff sein Glied und stülpte ihre Lippen darüber. Er bäumte sich auf, bemüht, sich und ihr diese Schmach zu ersparen, aber die vielen Gläser Wasser und ihr kundiger Griff sorgten dafür, dass er es nicht länger zurückhalten konnte.

Ein letzter grimmiger Gedanke war, dass sie selbst schuld war. Bevor er es endgültig fließen ließ, versuchte er sich mit dieser Überzeugung zu trösten, doch sie schützte ihn nicht vor der abgrundtiefen Scham, die er empfand, als die junge Frau buchstäblich jeden Tropfen seines Urins trank – peinlich darauf bedacht, dass nichts daneben ging.

~

Konrad Wegener lag auf dem Hotelbett, die Arme über dem Kopf gefesselt, die Augen verbunden, barfuß und mit offener Hose, seine Fortpflanzungsorgane allen Blicken ausgesetzt. Seit dem höchst peinlichen Vorfall waren nur wenige

Minuten vergangen. Direkt neben ihm wand sich Svetlana Schewzcenko stöhnend und keuchend auf der Bettdecke – inzwischen nackt, so viel hatte er nur durch den Einsatz seines Gehörs mitbekommen.

Er spürte die leisen Erschütterungen, die durch das Bett liefen, wenn ihr Unterkörper zuckte, er hörte unmissverständliche Geräusche und er ahnte, wozu sie gerade ihre Finger benutzte. Er nahm den nicht zu ignorierenden Geruch nach Lüsternheit wahr, der von ihr ausging. Ihre immer schwerer werdenden Atemzüge mochten gespielt sein, aber alles andere deutete darauf hin, dass sie sich im Moment einen Höhepunkt verschaffte.

Der Geheimdienstler in ihm wurde wach. War es möglich, dass Kevin Brenner Recht gehabt hatte? War das der Fetisch der jungen Ukrainerin: NS? Sie hatte ihn – Konrad Wegener – gezielt dazu gebracht, sich in ihrem Mund zu ergießen und nun machte sie es sich unmittelbar danach! Doch warum war sie in dieses Hotelzimmer gekommen, wo sie doch jeden Abend, jede Nacht bisher ihren Trieb mit zahlender Kundschaft hatte ausleben können?

Seine Gedanken wurden unterbrochen, als das Mädchen kam: Sie bäumte sich auf, streckte sich zitternd, seufzte laut und ungestüm und sackte dann in sich zusammen, drängte sich an ihn und zuckte noch einige Male, bevor sie endlich zur Ruhe kam. Ihr Atem wurde gleichmäßig und wieder spürte er ihr Lächeln.

Allerdings war die Luft um sie herum dermaßen von Sinnlichkeit geschwängert, dass er seine Körperreaktion nicht verhindern konnte. Und er hatte keine Möglichkeit, die zwei langen, schlanken Finger von sich fern zu halten, die sich nach einem kurzen, leisen Gurren neben ihm um seine Männlichkeit schlossen.

Schnell begann er, ihre Berührungen zu genießen. Sie waren geprägt von Erfahrung und Zuneigung. Und von Wissen. Tiefem, kundigem Wissen um die Geheimnisse der männlichen Reaktionsmuster. Sie hatte nach wenigen Versuchen heraus, worauf Konrad positiv reagierte. Und sie spielte auf ihm wie auf einem Instrument. Geradezu virtuos. Sie dirigierte ihn in immer größere Höhen und sein Erguss war so zwangsläufig und unvermeidbar, dass ihm Tränen in die Augen traten: einmal mehr hatte sie ihn zum Fließen gebracht, ohne dass er sich hätte wehren können.

Ein Trost war, dass sie ihn dabei küsste. Wie im Traum nahm er ihre Zunge in seinem Mund wahr, diesen weichen, süßen Geschmack, während sich sein Samen auf ihrem Körper verteilte. Und sie schien sehr darauf bedacht zu sein, sich bespritzen zu lassen, sie drängte sich förmlich an ihn, als er kam. Um anschließend erneut ein eindeutiges Stöhnen von sich zu geben. Sich wieder zu berühren. Sich einmal mehr der Wonne hinzugeben, die die eigenen Finger verschaffen können.

Konrad bemühte sich, die These von ihrem Fetisch erneut zu durchdenken. Aber das Weib neben ihm, der Duft, der von ihr ausging – so vital, so frisch, so gesund – und der soeben erlebte Orgasmus ließen ihn keinen klaren Gedanken fassen. Zudem kam sie näher, wie es schien, drängte sie ihm jetzt ihr wohlgeformtes Hinterteil entgegen.

Er atmete das Aroma und spürte erneut eine Reaktion. Er wollte den Kopf schütteln, weil er das nicht glauben konnte, aber sie war inzwischen so nah, dass er glaubte, sie bereits schmecken zu können. Sie hörte auf, mit ihren Fingern zu spielen, spreizte ihre Öffnung stattdessen und senkte sich auf seinen Mund. Er öffnete die Lippen und stieß mit seiner Zunge vor, das war ein Reflex. Nicht zu verhindern. Sie drängte weiter, und dann waren da plötzlich zwei kräftige Hände hinter ihm, die seinen Kopf in Position hielten – er hatte den Leibwächter nicht hereinkommen hören.

Konrad wollte sich befreien, aber die Fesseln, die Pranken des Leibwächters und nicht zuletzt die Öffnung der Frau auf seinem Mund verhinderten jede Bewegung. Svetlana presste sich an ihn, er konnte kaum noch atmen. Dann schmeckte er eine Flüssigkeit, klar und rein, und bevor ihm dämmerte was geschah, floss es nur so aus ihrer Möse? Muschi? Fotze? Pussy? Fut? Dose? Pflaume? Vagina? Scheide?... oder einfach Yoni?

Und Konrad trank. Er trank mit Inbrunst, was sich dort in seinen Mund ergoss. Er hatte einen Blick auf ihre unendlich hübsche, sanfte und wundervolle... Öffnung werfen können, und nichts, was dieser entströmte konnte schlecht sein. Er trank und trank und trank und fiel in sich zusammen und schlief selig lächelnd ein. Er träumte einen Traum, in dem ihm ein Engel erschien, der ihn berührte und alle Sünden von ihm nahm. Ein kühler Hauch auf seinem Penis und ein Kratzen im Hals weckten ihn, Stunden später. Er sah sich verwirrt um: Hatte er das alles nur geträumt?

Er leckte sich probehalber über die Lippen: Nein, das war ihr Geschmack, unverkennbar. Er ließ seinen Blick an sich herab gleiten. Sein Schwanz hing noch immer aus der geöffneten Hose, die Spuren getrockneten Spermas sprachen ihre eigene Sprache. Und er war nach wie vor barfuß. Doch von Svetlana und ihrem Leibwächter fehlte jede Spur – er war allein und nicht mehr gefesselt.

Er rappelte sich mühsam auf und trat an das Fenster des Hotelzimmers. Er öffnete die Verdunkelung: Draußen war es hell. Auf der Tastatur eines Überwachungscomputers lag ein handbeschriebenes Stück Papier. Er kniff die Augen zusammen und sah sich in dem Zimmer um, doch nach wie vor war er allein. Er hustete probehalber, so, wie er es in den letzten Monaten jeden Morgen getan hatte, doch es wollte ihm nicht gelingen, seine Bronchien blieben stumm. Dann nahm er den Zettel und begann, zu lesen.

„Lieber Konrad! Entschuldige diesen Überfall heute Nacht, aber ich wollte nicht gehen, ohne wenigstens Dir ein Abschiedsgeschenk zu hinterlassen."

Erstaunt nahm er wahr, dass er die äußerst kleine, dünne Schrift ohne Brille lesen konnte. Er schüttelte den Kopf und fuhr fort.

„Ich verfüge über eine seltsame Gabe: Mein Körper kann jedes Gebrechen heilen. Dazu muss er jedoch zunächst die Information über die Erkrankung und den Kranken in sich aufnehmen. Ich habe hierfür eine Methode gewählt, die Menschen eures Kulturkreises vielleicht ein wenig abwegig erscheint – die mir zugegebenermaßen aber ein gewisses Maß an Erregung verschafft. In große Erregung versetzt produziert mein Körper ein Gegenmittel, das auf die gleiche Weise verabreicht wird, wie er die Informationen erhält. In alten Kulturen war das Gang und Gäbe, heutzutage wirkt es etwas... schräg?

Leider gibt es Menschen, die meine Gabe gegen meinen Willen für sich nutzbar machen wollen, deshalb wechsele ich immer wieder meine Identität und bleibe nie lange an einem Ort. Damit muss jetzt aber bald Schluss sein...

41

Konrad rieb sich die Augen und schüttelte den Kopf. Wer sollte eine so verrückte Geschichte glauben? Dann holte er tief Luft und spürte in sich hinein: So gesund hatte er sich schon lange nicht mehr gefühlt. Außerdem konnte er ihren Brief lesen, ohne eine Brille zu benutzen. Sollte es doch wahr sein, was Svetlana ihm da mitteilte? Er wendete das Papier und las weiter.

Nun, wie dem auch sei, Du bist jetzt jedenfalls geheilt und es hat mir Spaß gemacht, das für Dich zu tun. Wenn Du demnächst in den Medien von einer jungen russischen Prostituierten hörst, die unter mysteriösen Umständen ums Leben kam, weißt Du, dass mein Plan gelungen ist und ich in Sicherheit bin – dass ich mich fortan meiner Bestimmung widmen kann, ohne mich weiterhin den Gefahren des Rotlicht-Milieus aussetzen zu müssen."

Er lächelte leise. Unten auf dem Brief war noch ein weiterer Absatz angefügt, mit einem anderen Stift und deutlich schneller geschrieben, wie sein geschultes Auge wahrnahm.

„Eine Bitte noch: Vernichte diese Nachricht, am besten verbrennst Du sie und streust die Asche aus dem Fenster. Du willst ja bestimmt nicht Schuld daran sein, dass meine Verfolger auf meiner Spur bleiben. Ich wünsche Dir noch ein langes, unbeschwertes Leben, lieber Konrad. *kuss* Svetlana"

Der alternde Geheimdienstmann, der sich auf einmal sehr viel jünger fühlte, holte sein Feuerzeug heraus und steckte das Papier in Brand. Die Flammen fraßen sich von oben nach unten und er ließ es bedächtig und vollständig verbrennen. Bevor er es in den Aschenbecher warf, fiel sein Blick auf den allerletzten Absatz.

„P.S.: Und hör bitte mit dem Rauchen auf. Es gibt Menschen, denen macht das kaum etwas aus, doch Du gehörst nicht dazu."

~

Der alte Mann und der Swingerclub

Einmal im Monat besuchte Josef Stellmacher den Swingerclub der nächstgelegenen Stadt, meist am ersten Freitag, denn da war Herrenüberschussabend und der Eintritt betrug nur achtzig Euro.

Er kam regelmäßig, er war so etwas wie ein Stammkunde, aber er war gewissermaßen auch auffällig. Mit seinen achtundsiebzig Jahren hob er sich deutlich von den anderen Gästen ab: Die ältesten von ihnen mochten vielleicht an die Sechzig sein, ganz selten gab es mal ein Paar, bei dem wenigstens der Mann die Siebzig überschritten zu haben schien, aber der Durchschnitt aller Männer und Frauen, die dort ein kurzweiliges, körperliches Vergnügen suchte, war deutlich jünger als er.

Daher saß Josef, der von seinen Freunden nur Beppo genannt wurde, bei jedem Besuch allein an der Bar und sah dem vermeintlich erotischen Treiben ringsherum zu. Selbstverständlich gab es in diesem Bereich des Clubs nicht viel zu beobachten, bestenfalls kam es zu einigen unbeholfenen Fummeleien, wenn sich zwei Paare oder ein Soloherr und die Dame eines Zweiergespannes näherkamen, bevor sie dann in die hinteren Räumlichkeiten – die Mottozimmer oder die Spielwiese – verschwanden.

Beppo suchte diese Räume nur selten auf, meist dann, wenn es an der Bar leerer und ihm somit langweilig wurde. Er stellte sich dann an die Wand am Eingang des jeweiligen Zimmers und sah den Akteuren zu, bis er des Raumes verwiesen wurde. Überwiegend waren es die Männer, die es aus irgendeinem Grund nicht ertragen konnten, dass ein Mann in seinem Alter reglos dastand und mit keiner Miene verriet, was er von den Darbietungen hielt.

„Blöder Spanner!" zischte jemand von der Matte und näherte sich drohend. Beppo hob die Hand, lächelte, verschwand lautlos und schlich in einen anderen Raum. Dort angekommen bemühte er sich, nicht wahrgenommen zu werden, doch so sehr die Hauptdarsteller des Realfilmes, der unmittelbar vor seinen Augen ablief, mit sich und den anderen Beteiligten beschäftigt zu sein schienen, irgendwann wurde er bemerkt und oft genug recht aggressiv verjagt. „Verpiss Dich, Alter, mach's Dir woanders selbst!"

Vor allem die Jünglinge reagierten heftig und Beppo hatte sogar Verständnis dafür – er konnte ihnen nicht böse sein. Meist entfernte er sich von den Spielwiesen und suchte erneut die Bar auf. Dort ließ er sich von Sabrina, der jung gebliebenen Mittvierzigerin und Inhaberin des Clubs einen Sex-on-the-Beach mixen, gegen Bezahlung natürlich.

Im Eintritt waren nur Wein, Bier und nichtalkoholische Getränke enthalten und so freute sich die Bedienung über Gäste wie Beppo, die etwas bestellten, was am Ende extra abgerechnet werden konnte. Der alte Mann – so wusste Sabrina aus Erfahrung – war nicht kleinlich mit Trinkgeld und er genoss die Stunden in dem Club, wenngleich sie sich nicht erklären konnte, warum.

Sie hatte Beppo noch nie irgendeine sexuelle Handlung an sich oder mit Gästen vornehmen sehen. Sein Kontakt zu den Anderen beschränkte sich ausschließlich auf die Runde durch die verschiedenen Motторäume und seltene Gespräche, die manchmal an der Bar zustande kamen. Ach ja, und er plauderte dann und wann mit ihr, wenige Worte meist, der typische Wortwechsel zwischen Gast und Gastgeberin.

Mit der Zeit hatte Sabrina auf diese Weise eine Menge über den alten Mann erfahren. Er war seit über als vierzig Jahren verheiratet, hatte drei Kinder - zwei Söhne und eine Tochter, die aber allesamt längst aus dem Haus waren und ihr eigenes Leben lebten – sechs Enkel, die er alle Jubeljahre mal sah und eine Frau, für die Körperlichkeit zwischen den Geschlechtern zu den sieben Todsünden zählte, ausgenommen man vereinigte sich zum Zweck der Fortpflanzung.

„Dann hast Du nur dreimal in Deinem Leben Sex gehabt?" Diese naheliegende, bei näherer Betrachtung aber reichlich naive Frage war Sabrina damals einfach herausgerutscht, doch Beppo hatte lächelnd den Kopf geschüttelt. „Nein, es war häufiger. Bei allen drei Kindern hat es nicht auf Anhieb geklappt."

Der gutmütigen und herzlichen Inhaberin des Clubs war daraufhin so einiges durch den Kopf gegangen, sie hatte aber erst deutlich später gewagt, an diese

Aussage anzuknüpfen. „Das ist trotzdem recht dürftig. Hast Du Dich nie nach mehr gesehnt, Beppo? Nichts vermisst?"

Sabrina hatte sich noch auf die Lippen gebissen, im selben Moment, als die törichte und äußerst indiskrete Frage gestellt war. Doch der alte Mann schien die Geduld in Person zu sein, er reagierte mit dem Heben seiner Schultern und einem tiefen Ausatmen. Auch das nachsichtige Lächeln auf seinem Gesicht blieb unerschütterlich. „Warum? Ich kannte ja nichts anderes. Was hätte ich also vermissen sollen? Na ja, und nach mehr sehnen kann man sich ja immer... mehr Geld, mehr Grundstück, mehr Auto... glauben Sie mir, junge Frau, all diejenigen, die dem ‚immer Mehr' hinterhergelaufen sind, waren nicht wirklich glücklicher, nachdem sie es erlangt hatten."

Sabrina hatte sich wegen der „jungen Frau" schon etwas geschmeichelt gefühlt und Beppo auf sein Lieblingsgetränk, einen ‚Sex-on-the-Beach' eingeladen. Als der Cocktail fertig gemixt auf dem Tresen stand, war sie ihm näher gekommen und hatte ihm die nächste naheliegende Frage ins Ohr geflüstert. „Hast Du denn nicht einmal darüber nachgedacht, Deine Frau zu betrügen?"

Beppo hatte laut aufgelacht und den Kopf geschüttelt. Dann war er vom Hocker gerutscht und hatte in die Runde gedeutet. „Mit wem denn? Mit einer von diesen hier? Das gab's zu meiner Zeit noch nicht, junge Frau. Und jetzt bin ich zu alt - sehen Sie mal genau hin!"

Und Sabrina erinnerte sich an diesen Abend, jetzt, wo Beppo wieder vor ihr saß. Ja, er war ein verlebter und keinesfalls attraktiver Mann. Bleiche, faltige Haut, schütteres schmutziggraues Haar, in dem die Schuppen klebten, viele Altersflecken, schlaffe Muskeln und eine aufgeblähter Kugelbauch, der sie immer an den Witz mit dem Spiegel am Pissoir denken ließ. Sein Cluboutfit bestand aus dunkelblauen Boxershorts, dessen Stoff ihm um die ausgezehrten Oberschenkel flatterte, rosa Gummisandaletten, die leider die gelben und verkrümmten Zehennägel nicht verdeckten und einem latexähnlichen Oberteil in Pink, das ihm an Schultern und Oberarmen mindestens zwei Nummern zu groß war, sich aber straff über den üppigen Bauch spannte.

„Prost, junge Frau. Auf Sex on the Beach." Beppos Worte und sein charmantes Lächeln ließen die Bedienung aus ihren Gedanken aufschrecken. So sieht ein alternder Mensch nun mal aus, wies sie sich selbst zurecht. Nein, körperlich will man mit so einem nicht werden, ganz sicher nicht, aber er ist ein netter Kerl. Automatisch hob sie ihr Sektglas und stieß mit ihm an. „Prost, Beppo. Du warst heute noch gar nicht auf Tour?"

Sie deutete in die Richtung, in der die Mottoräume lagen. Er sah sich kurz um, wandte sich dann aber wieder ihr zu und grinste. „Nix Interessantes dabei, heute. Ich geh vielleicht später."

„Interessantes? Was interessiert Dich denn überhaupt an einer Frau? Oder einem Paar? Vielleicht sogar einem Mann?" Sabrina nickte erneut zu den Bereichen, in denen sich um diese Zeit die große Mehrheit der Gäste vergnügte. In der Lounge saßen vier oder fünf Soloherren, die bisher nichts abbekommen hatten, an der Bar waren sie und Beppo im Moment unter sich – Zeit und Gelegenheit, in die Tiefe zu gehen.

Der alte Mann seufzte und lächelte nachdenklich. „Die Körper jedenfalls nicht. Da ist keine Frau dabei, die ich wirklich attraktiv finde, die mich anmacht, wenn Du verstehst, was ich meine."

Er presste die Lippen zusammen und trank einen Schluck. Sabrina seufzte. „Ja, schon klar, Adonis. Von all den Frauen hier ist keine interessant für Dich. Warum auch? Du stehst ja eh nicht auf Sex."

„Genau. Mir geht es um die Seele, um die Berührung auf allen Ebenen. Seit meine Frau im Rollstuhl sitzt nach diesem Schlag kann ich nicht mehr mit ihr reden. Das fehlt mir."

„Und dafür kommst Du ausgerechnet hierher, in einen Swingerclub?"

Die Inhaberin schüttelte den Kopf und leerte ihr Sektglas in einem Zug. „Echt, Du bist krank, Beppo. Hier laufen nur Typen rum, die sich entweder daran aufgeilen, wenn sich ihre Frauen von anderen Typen poppen lassen oder welche, die scharf darauf sind, ihren Prügel endlich mal in eine andere Muschi zu

46

stecken. Die Weiber dagegen sind alle schwanzgeil und eitel bis zum dorthinaus. Hier suchst Du nach Seele, nach ‚Berührungen auf allen Ebenen‘?"

Er nickte nachdenklich und es dauerte eine Weile, bis er wieder sprach. „Und warum machst Du das hier? Ich meine: Ausgerechnet das hier?"

Die gutmütige Thekenkraft war für einen Moment sprachlos. Dann brach es aus ihr heraus. „Na, nicht zum Ficken! Und ganz bestimmt nicht wegen ‚Seele‘!"

Beppo setzte sich wieder auf den Barhocker und beugte sich zu der jung gebliebenen Mittvierzigerin hinüber. Sie hatte schlanke Fesseln und lange Beine, ganz so, wie er es mochte. Ihr Arsch war klein, wenig ausladend und knackig, ihre üppigen Brüste standen mehr, als sie hingen und auch ihr Bauch, der aufgrund der anregenden Berufskleidung immer frei zu sehen war, gab keinen Anlass zur Beschwerde. Sicher, das jahrelange Nachtleben hatte ihr Gesicht gezeichnet, um die Krähenfüße und Augenringe zu kaschieren musste sie bestimmt ein wenig mehr Zeit aufwenden, doch darauf verstand sie sich und das etwas zuviel an Make Up gab ihr genau die verruchte Note, die dem alten Mann gefiel. Sie stützte die Ellbogen auf den Tresen und verdeckte ihm die Sicht auf ihre untere Körperhälfte. „Was ist Beppo? Noch einen Sex-on-the-Beach?"

Er nickte. „Wenn Du ihn mir schüttelst, immer..."

Sie seufzte und wandte sich ab. Dieser Mann war ja wirklich einer der nettesten Stammgäste, die sie hatte, aber sie fragte sich immer wieder, wie lange er sich das alles antun wollte. Wäre es nicht besser für ihn, diesen Events fernzubleiben? Musste man sich mit Achtundsiebzig so etwas aussetzen? Lauter junge Leute ringsherum beobachten, die meisten wohl gewachsen, vital, gebräunt, in Flitter und Samt, Lack und Leder, nächtelang durchkopulierend, schwitzend, lachend, schreiend und stöhnend? Und man selbst so weit, so unendlich weit davon entfernt?

„Beppo, warum tust Du Dir das hier an? Ich meine, warum kommst Du immer wieder her?"

„Mir gefällt's einfach. Ich seh mir die jungen Damen an, und all ihre Stecher. Ich weide mich an der Lust in ihren Augen..." Er lachte wie ein Jugendlicher und hob sein Glas. „Auf die Wirtin, die Beste von allen!"

Sabrina schenkte sich einen Sekt nach und nippte daran. Sie sah zur Uhr: 23:23. Schnapszahl. Die meisten Gäste steckten jetzt in den Mottozimmern ineinander, in der einen oder anderen Konstellation. Selbst die verwaisten Soloherren, die vor Kurzem noch in der Lounge gesessen hatten, waren jetzt offenbar in die penetrativen Aktivitäten eingebunden. An der Bar herrschte Seelenruhe.

„Apropos Seele. Ruhe geb ich erst, wenn ich meine Erlöserin gefunden hab. Also die Frau, die mir zeigt, wie schön und unbefangen Sex sein kann." Beppo hob sein Glas und prostete Sabrina zu. Diese schloss die Augen und schüttelte den Kopf. Armer, alter Narr, was tut der mir leid, dachte sie. Was bildet der sich ein, was glaubt der, was in seinem Leben noch Aufregendes passieren wird? Ein Wrack, verschlissen, ausgemustert, am Ende seiner Tage. Sieht er nicht, dass er nicht hierher passt? Muss er sich das antun, immer wieder, Monat für Monat?

Die Türglocke schlug an und riss sie aus ihren Gedanken. „Moment, Beppo. Neue Gäste. Bin gleich wieder da."

Er nickte und hob das Glas. „Vielleicht kommt ja jetzt die Eine, auf die ich seit Jahren warte."

„Sicher, Beppo."

Sie ging zur Haupttür und blickte durch die Sichtklappe. Dort draußen stand Elisabeth Schönweger, genannt „Bonny". Eine achtundzwanzigjährige Prostituierte, die sich ihren Club neuerdings offenbar als Jagdrevier auserkoren hatte. Zweimal war sie von Sabrina bereits des Hauses verwiesen worden, beide Male hatte das junge Flittchen Geschäfte mit den glücklosen männlichen Gästen machen wollen.

Sabrina warf einen Blick auf die Bar und atmete tief durch. Dann öffnete sie die Tür und schob sich nach draußen. Sie trat vor die deutlich jüngere Nutte, die

Arme vor der Brust verschränkt. „Was willst Du hier?" Sie klang nicht freundlich.

Das Mädchen kaute einen Kaugummi und stemmte die Hände in die Hüfte. „Party machen. Wie alle anderen. Mal n' guten Schwanz zwischen die Beine kriegen und so. Oder auch zwei oder drei."

Die Clubinhaberin musterte das Flittchen von unten nach oben. High-Heels, lacklederschwarz, lange, fast dürre Stelzen in Nylons, wahrscheinlich halterlos, kurzer, schwarzer Rock, enganliegend an den Jungmädchenarsch, bauchfreies Top, solariumgebräunte Haut, Spitzen-BH, darüber ein affiges Bolero-Jäckchen, auftoupierte, blauschwarze Haare, grell geschminkte Lippen und Augen. Okay, die Brüste konnten sich sehen lassen, aber ansonsten ein lebendes Klischee.

Sabrina schüttelte den Kopf. „Nee, hier kommst Du nicht rein. Such Dir einen anderen Spielplatz."

Bonny spuckte ihren Kaugummi auf den Boden und blitzte die wesentlich Ältere an. „Was soll der Stress, Mann? Warum kann ich hier nicht ficken wie jeder andere?" Sie sprach das „ich" mit einem Es-Zeh-Hah am Ende aus, ähnlich wie diese Kabarettistin aus Köln, die so gut die Straßensprache der Jugendlichen imitieren konnte.

Sabrina hob die Hand. „Aus, Mädel. Hier will Dich keiner. Hau ab, bevor ich die Bullen rufe."

„Ey, das ist voll der Scheiß, oder? Ich hab auch ne Seele, Mann!"

„Seele?"

Die Inhaberin des Etablissements kniff die Augen zusammen. „Sagtest Du ‚Seele'?"

Bonny war anzumerken, dass die Frage sie verwirrte. Ihre Stimme verlor jeden aggressiven Unterton und wurde merklich leiser. „Klar Mann hab ich Seele..."

Wieder das „Isch". Aber gut. Sabrina sah sich um. Sie blickte in Richtung Bar. Es dauerte einen Moment, bis sie die Entscheidung traf, dann beugte sie sich zu

Bonny hinunter, zog diese an den hochgekämmten Haaren zu sich heran und redete dem Mädchen zu, bis sie mit aufgerissenen Augen nickte und alles versprach, was die Inhaberin von ihr forderte.

Anschließend gab sie der jungen Nutte ein paar Scheine und ließ sie in ihren Club eintreten, lächelte leise und sah von nun an zu, wie Beppo in dieser Nacht vor Glück schier vergehen wollte – wurde er doch völlig überraschend von einer aufreizend gekleideten, recht jungen und durchaus attraktiven Frau verwöhnt.

Und die hatte echt Seele, soll er bei späterer Gelegenheit häufig erwähnt haben.

Das erste Mal

Ich gehe voraus und halte deine Hand fest in meiner, damit du in diesem Dämmerlicht nicht stolperst. Du presst die Lippen aufeinander, die Situation ist neu für dich. Du bist aufgeregt, ich kann dich atmen hören. Wir betreten den dunklen Raum und ich ziehe dich nah an mich heran, doch bevor du dich in die Sicherheit eines Kusses flüchten kannst, drehe ich dich so, dass du siehst, was vor uns liegt. Dein Herz pocht unter meiner Hand. Ich stehe hinter dir, halte dich, deinen Rücken an mich gedrückt und lasse dich in Ruhe alles betrachten.

Die Wände der kleinen Kammer sind mit etwas Weichem verkleidet, so eine Art Auslegware. Der Raum ist dunkel, nicht sonderlich groß und die Geräusche werden von dem dicken Gewebe verschluckt, das hier nicht nur auf dem Boden verlegt wurde. An der hinteren Wand befinden sich einige Löcher, vielleicht zwanzig Zentimeter im Durchmesser. Wenn sich die Augen an die schummrige Beleuchtung gewöhnt haben, erkennt man sie. Davor gibt es eine Art Empore, ebenfalls weich ausgekleidet.

Ich geleite dich dorthin. Du siehst mich an, mit großen, fragenden Augen. Ich bedeute dir, dich hinzuknien. Du folgst dieser Aufforderung und schneller, als ich reagieren kann, hast du mir in die Hose gegriffen und meinen Schwanz in deinen Mund genommen. Sanft löse ich mich von dir und drehe dich um, so dass dein Kopf direkt vor einem der Löcher in der Wand schwebt. Du wendest deinen Blick, siehst mich an, wieder mit fest verschlossenen Lippen. Du ahnst, was geschehen wird. Ich lächle.

Dieser Ausflug hat dich überrascht, du hattest nicht damit gerechnet. Schon auf der Fahrt vom Hotel hierher hast du keine Ruhe gegeben, wolltest unbedingt wissen, warum du deine Dessous tragen sollst, wir aber dennoch unser heimliches Nest verlassen müssen. Warum ich jetzt unbedingt einen Ausflug machen will, wo unsere gestohlene Zeit doch so kostbar ist.

Dann die Überraschung, als ich auf den Parkplatz des Clubs fuhr. Vor Schreck hast du husten müssen, mich gefragt, ob du mir nicht genügst, warum wir zu so einem Ort fahren, ob ich Sehnsucht nach fremder Haut hätte oder ob ich hier jemanden treffen wolle, den ich kenne? Oh, schon da warst du so aufgeregt, hast nicht geahnt, was auf dich zukommt.

Ich habe dich beruhigen können, wir sind hinein, haben den Eintritt bezahlt und uns in der Umkleide umgezogen. Dann sind wir in den Barbereich geschlendert: ich im schwarzen Herrenhemd und einer dunkelgrauen Stoffhose, du in Strumpfhaltern, Nylons, Minislip und diesem höchst anregenden Bustier.

Wir waren unter den ersten Gästen dieses kleinen, aber feinen Pärchenclubs, am langen Tresen saßen drei einzelne Männer, ähnlich gekleidet wie ich und ein älteres Paar, ebenfalls in stilvoll-aufreizende Stoffstücke gehüllt. Es war noch früh am Abend und so erregten wir kaum Aufmerksamkeit. Wir traten an die Bar und ich bestellte Drinks für uns. Du kamst näher und hast in mein Ohr geflüstert. „Was zum Teufel machen wir hier, Geliebter? Brauchen wir neuerdings sowas, um in Stimmung zu kommen? Lass uns lieber zurück ins Hotel fahren."

Ich habe dir einen Kuss gegeben und Dir nur zwei Worte zugeraunt: „Vertrau mir!". Seitdem bist du aufgeregt. Jetzt streckst du mir dein herrliches Hinterteil entgegen, kniend, und siehst mich über die Schulter fragend an. Ich deute mit den Augen auf die Öffnung vor dir. „Weißt du, wozu die gut sind?"

Du nickst langsam. „Ich glaube schon." Deine Stimme klingt ein wenig rau. „Das sind die berühmten Glory-Holes, nicht wahr?"

Ich streiche dir zärtlich über den Rücken. „Ja, Geliebte. Dort wird, wenn wir Glück haben, demnächst ein fremder Schwanz erscheinen. Und du weißt, was du dann tun wirst?"

Das Zucken, das dich bei meinen Worten durchfährt zeigt mir, dass ich nicht zu viel gewagt habe, aber zunächst senkst du den Blick. Deine Stimme wird leise, beinahe zaghaft. „Ich weiß nicht, ob ich das kann, Geliebter. Ich... es... er..." Du keuchst kurz auf, weil sich mein Finger in deinen Slip geschoben und dort offenbar eine Stelle getroffen hat, die deine Ratio kurzfristig ausschaltet. Ich spüre, wie nass du bist – nass, nicht etwa feucht. Gezielt schiebe ich einen zweiten Finger hinterher und gemeinsam erobern sie die Feuchtgebiete, dringen tief bis zur Quelle vor und du lässt diesen einmaligen Laut hören, dieses langgezogene Ausatmen, bei dem der Buchstabe „U" entsteht.

Und du drängst meinen Fingern entgegen, hebst den Kopf und legst ihn in den Nacken. Ich weiß, ich muss jetzt langsamer machen – das geht gerade viel zu schnell. Ich beuge mich über dich, streiche dein Haar zur Seite und gebe dir einen Kuss auf den Hals. Dann ziehe ich die Finger zurück. „Was wirst Du tun, Geliebte, wenn da ein Schwanz auftaucht, in dem Loch genau vor Dir?"

Dein empörtes Zucken währt nicht lange, du reibst deinen Hintern an meinen Oberschenkeln. „Was soll ich denn damit tun, Geliebter?" Deine Stimme – ein rasselndes Gurren.

„Was immer Dir einfällt", lasse ich dich wissen, dann richte ich mich auf, ziehe deinen Slip zur Seite, öffne meine Hose und dringe mit dem dafür vorgesehenen Körperteil in dich ein. Du schiebst dich mir entgegen, aber ich halte still. „Es geht hier erst weiter, wenn Du einen Schwanz in deinem Mund hast, Geliebte."

Du erbebst, doch ich lasse mich nicht herausfordern. Ich verweigere jede weitere Bewegung. Fast fühle ich mich, als würde ich eine Stute einreiten – sie an Druck und Zug gewöhnen, ihr keine Flausen durchgehen lassen, durch Konsequenz und Belohnung. Du bist jetzt schon so erregt, ich weiß, dass wenig reichen würde, dich ganz nach oben zu katapultieren, aber dafür sind wir nicht hier. Ich will, dass du endlich einen großen Schritt in Richtung eines echten Dreiers gehst: Es ist dein erstes Mal!

„Vielleicht kommt ja niemand, Geliebter. Was machen wir dann?" Deine Worte kommen abgehackt, zitternd beinahe. Ich beuge mich vor und streichele deine Brustwarzen durch den dünnen Stoff des Bustiers und wieder läuft eine Welle durch deinen angespannten Körper. Du bist kurz vor Hundert und willst einfach nicht warten, das ist alles.

Ich stoße einmal mein Becken vor und greife Dir dann in die Haare, ziehe deinen Kopf zu mir. „Wir warten, verstanden? Und dann will ich, dass Du diesem fremden Schwanz einen Super-Blowjob verpasst. Ich will den Kerl schreien hören, klar?"

Auf meine Worte krümmst du dich zusammen, dann folgt wieder dieser lange, intensive Uh-Laut. Ich kann nichts dagegen tun, mein Penis schwillt an, deine Erregung überträgt sich auf mich. Ich fange an, mich in Dir zu bewegen, langsam erst, dann nimmst du den Rhythmus auf und sorgst auf deine ganz eigene Weise dafür, dass wir schneller werden. Ich weiß, du magst es wild und hart und du fluchst immer, wenn ich zwischendurch das Tempo und die Heftigkeit rausnehme. Aber im Moment schaffe ich das nicht mehr aus eigener Kraft. Da, plötzlich, ein Schatten hinter dem Loch: Da tut sich was. Augenblicklich halte ich inne und ignoriere deine keuchenden Proteste.

Ein Schwanz erscheint in der Öffnung, keine zehn Zentimeter vor deinem Gesicht. Er sieht stattlich aus: Halb aufgerichtet, blank rasiert, sauber, beschnitten. Die Eichel glänzt im trüben Licht. Fast möchte ich mich vorbeugen um daran zu riechen, aber ich denke, dass die Herren in diesem Club etwas von Hygiene verstehen – jedenfalls die, die Erfolg haben wollen. Ich halte die Luft an und du bemerkst in diesem Moment erst die Veränderung. Langsam hebt sich dein Blick – und du erstarrst.

Ein leichtes Beben durchfährt Dich. Das empfindliche Messgerät, das ich in Dir versenkt habe, registriert es als eine Art tonloses Raunen. Ich packe fester zu, um Dich in Position zu halten. Du richtest deinen Oberkörper auf, stützt dich auf einer Hand ab, die andere wandert, wie magisch angezogen, zu dem Stück Männerfleisch hin, welches sich direkt vor dir präsentiert.

Schon hast du den fremden Schaft mit den Fingern umschlungen, kundig und routiniert, wie ich es von dir kenne. Der Mann dahinter, den wir nicht sehen können, stößt ein kurzes Stöhnen aus und drängt nach vorn. Sein Penis wächst deinem Mund entgegen.

Noch einmal drehst du dich zu mir um, mit blitzenden Augen, fast als wollten sie protestieren, aber dann wendest du dich dem Anderen zu, mit einem wortlosen ‚Oh-mein-Gott – es geschieht tatsächlich' im Blick.

Dein Kopf beugt sich vor, langsam, bedächtig, so als würdest du eine bewusste Übung für den Nacken machen. Fasziniert sehe ich zu, wie deine Lippen das fremde Fleisch berühren. Wieder nimmt mein Detektor ein Zittern wahr, das deinen ganzen Körper durchläuft. Wie in Zeitlupe öffnet sich Dein Mund, wie in Zeitlupe verschwindet der fremde Schwanz in Dir. Du schließt die Augen und ich kann an den Bewegungen deines Unterkiefers erkennen, dass Deine Zunge leise zu arbeiten beginnt.

Irgendwann gibst du die Zurückhaltung auf. Zunächst ist es Dein Kopf, der sich auf und ab bewegt und dein Körper folgt kurz darauf. Du wirst schneller, intensiver, fängst an zu keuchen, und bald bewegst du dich vor und zurück, auf und ab, reitest mich und ihn gleichzeitig.

Und du bebst. Deine freie Hand fährt dir nach kurzer Zeit zwischen die Beine, gräbt sich tief in dich und macht mir Konkurrenz. Ich ahne, was du jetzt willst. Kurzerhand ziehe ich mich aus dir zurück, lege meine Eichel auf den Eingang deines Anus.

Als ich in die hintere Öffnung eindringe, kommt ein Gurren, ein tiefes Brummen aus deiner Kehle, du spannst jeden Muskel an und ich ramme mich tief in dich hinein. Dein Mund öffnet sich zu einem lautlosen Schrei, auch der Fremde scheint deine Lippen und die Enge deines Schlundes zur Genüge genossen zu haben und zieht sich aus deiner Kehle zurück, doch nur, um jetzt Hand an sich selbst zu legen.

Es dauert nicht lang, dann schießt er, trifft deinen immer noch geöffneten Mund, und auch die Wangen, ein paar Spritzer landen auf deinen nackten Schultern und der Haut zwischen deinen Brüsten. Ich stoße zu, so fest ich kann und du bäumst dich auf und schreist, lange und ausdauernd.

Endlich sackst du zusammen, diesmal sind die gehauchten Worte „Oh, mein Gott" gerade noch hörbar. Ich kraule dir sanft die Stirn und warte, bis Du wieder zu Atem kommst.

Später, als wir im Hotelzimmer endlich erschöpft nebeneinander im Bett liegen, schmiegst du dich an mich. „Das vorhin im Club war toll, Geliebter. Das war so unbeschreiblich geil. Können wir das wieder machen? Ausführlicher? Intensiver? Irgendwann mal?" Du bist zutiefst befriedigt, und auch wenn alles an Dir den beunruhigenden Geruch von Wollust ausströmt, weiß ich, dass Du ausruhen willst.

Ich lege dir die Hand zwischen die Beine und genieße die kühle Feuchtigkeit dort. Dann nicke ich. „Gern, Geliebte. Aber das nächste Mal haben wir einen dritten Mann und eine Kamera dabei. Die bediene ich dann. Und hinterher schauen wir es uns gemeinsam an, immer wieder. Das ist nicht so anstrengend für mich wie dieses endlose Nachfeiern."

Du schlägst spielerisch nach meinem Arm, bald raufen wir wie Kinder oder junge Hunde und wie das im Leben so ist, stecken wir kurz darauf schon wieder ineinander, in Gedenken an dein erstes Mal.

~

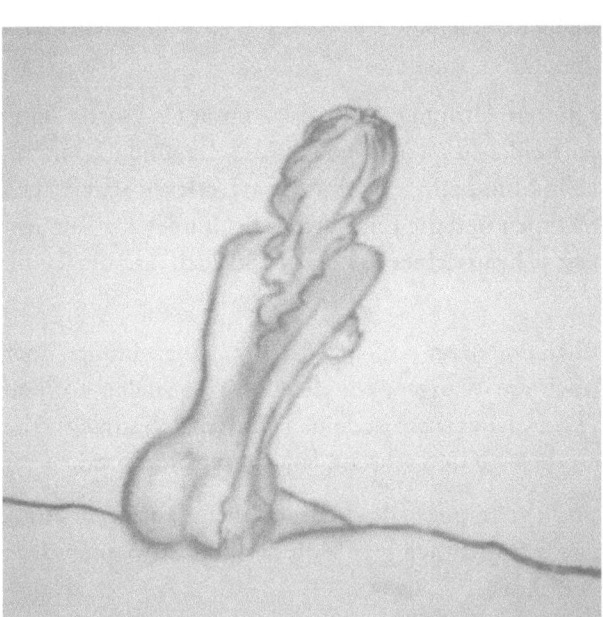

Teil 1: Bryndon Keller

(aus: Die Verlagsassistentin)

Die hart an der Grenze zur Unzüchtigkeit, auf jeden aber Fall viel zu leicht bekleidete Endzwanzigerin stand am Zaun vor dem alten Haus, sah nach oben und nickte zufrieden. Das Anwesen hatte seine beste Zeit hinter sich. Ein altes Herrenhaus wie es überall in Südengland zu finden war, doch dieses hier wartete seit geraumer Zeit auf so simple Zuwendung wie einen neuen Fassadenanstrich oder Ausbesserungen am Frontputz.

„Kann ich ihnen helfen, junge Frau?" Die Stimme kam von rechts und Jessica beschattete die Augen mit der Hand. Eine weißhaarige, streng wirkende Dame – von oben bis unten in stilgerechte Gärtnerkleidung gewandet – stand mit einem Korb in der Hand an der Ecke des alten Gebäudes. Ihre Haltung hatte etwas Vorwurfsvolles. Jessica winkte freundlich. „Ich suche Mister Keller. Bryndon Keller, den Schriftsteller."

Anstelle einer Antwort verzog die alte Gärtnerin die Mundwinkel nach unten und verschwand hinter dem Gebäude. Jessica presste kurz ihre Lippen aufeinander: Das würde nicht einfach werden, offenbar waren Besucher hier nicht willkommen.

Sie hatte recherchiert: Bryndon Keller galt als medienscheu, war als Eigenbrötler verschrien, ihm wurde eine lebenslange Affäre mit seiner Haushälterin nachgesagt, ohne dass er diese jemals zu seiner Ehefrau gemacht hätte, und er hielt nichts davon, kommerziell zu schreiben. Das vermittelten jedenfalls die wohl gesetzten und laufend wiederholten Gerüchte in der Regenbogenpresse.

Die Fakten: Sein einziger Welterfolg lag bereits siebenundzwanzig Jahre zurück, alle weiteren Veröffentlichungen nach ‚The Norton Trust' – einem Wirtschaftskrimi, der in den Anfängen von Silikon Valley spielte und der mehr durch eine glückliche Aktualität als durch Stil und Spannung erfolgreich geworden war – blieben weitgehend unbeachtet. Der herausgebende Verlag –

Bloom & Waterfield, New York – kümmerte sich offenbar nicht weiter um den spleenigen Briten, der sich einfach nicht hatte durchringen können, auf das breite Publikum zugeschnittene Geschichten zu schreiben.

Inzwischen waren die Tantiemen für ‚The Norton Trust' sicher auf ein eher klägliches Niveau gesunken, zudem stand Bryndon Kellers sechzigster Geburtstag ins Haus. Die weißhaarige Frau, die Jessica so unfreundlich angesprochen hatte, schien noch um einiges älter als er zu sein, vielleicht handelte es sich ja um die ominöse Haushälterin, die es bei ihrem Bestseller-Autoren nicht in den heiligen Stand der Ehe geschafft hatte.

Jessica sah auf die Uhr. Der Wind frischte auf, er blies von See her, die Küste war nur drei Meilen entfernt. Sie seufzte und setzte sich widerwillig in Bewegung, um am Zaun entlang zu stöckeln: Vielleicht befand sich der Gesuchte ja im Garten. Sie musste auf den hochhackigen Pumps regelrecht balancieren, denn der Boden war uneben und feucht. Schon nach wenigen Metern blieb einer ihrer teuren Lackleder-Schuhe im sumpfigen Lehm stecken, sie konnte gerade noch den Fuß herausziehen, bevor der elegante Seidenstrumpf mit Matsch und Schlamm verschmiert wurde. Sie ging in die Knie, um zu retten, was zu retten war, doch dabei rutschte ihre Campomaggi-Handtasche von der Schulter und landete im Dreck. Fluchend versuchte sie, auf einem Bein hockend, das Gleichgewicht zu halten.

Ihr kam langsam zu Bewusstsein, dass sie äußerst unpassend gekleidet war, sie hatte sowohl das Wetter als auch die Lage dieser Einöde völlig unterschätzt. Jeans, Wollpullover und Gummistiefel wären bestimmt passender gewesen, aber von Bryndon Keller hieß es, dass er trotz seines Alters immer noch hohe Ansprüche an die Attraktivität möglicher Gespielinnen stellte. Jessica hatte sich vorsätzlich so herausgeputzt; sie wollte keinesfalls von dem alten Eigenbrötler schon an der Haustür abgewiesen werden – sie musste um jeden Preis mit ihm ins Gespräch kommen.

Die hochhackigen Pumps und die farblosen Seidenstrümpfe sollten ihre langen, sehnigen Beine gezielt zur Geltung bringen, vervollständigt wurde ihr

Outfit durch ein hautenges Jersey-Kleid in Dunkelgrün, das gerade bis zur Mitte ihrer Oberschenkel reichte und mit einem hochgeschlossenen Halsansatz und einem tiefen Rückenausschnitt aufwarteten konnte – also im Gesamteindruck irgendwo zwischen elegant und verrucht, aber leider kein bisschen wärmend.

Inzwischen fror Jessica jämmerlich. Jetzt, Anfang Oktober, wurde es hier draußen empfindlich kalt. Sie musste ihren im Matsch steckenden Schuh befreien, ihn und ihre Tasche säubern und dann sehen, dass sie zurück auf den befestigten Feldweg kam, der die Zufahrtsstraße für das Anwesen bildete und an dessen Rand sie ihr X3-Cabrio abgestellt hatte.

Ihre Finger gruben sich immer tiefer in das lehmige Erdreich und waren bald voller Schlamm. Sie fluchte erneut. Sie hätte sich deutlich mehr Zeit lassen und sich besser vorbereiten sollen, das wurde ihr klar. Aber es blieben ihr gerade sechs Monate, um ihre Aufgabe zu erledigen, danach war sie entweder die jüngste Ressortleiterin eines internationalen Verlagshauses oder - na ja, gefeuert, auf der Straße, arbeitslos.

Vielleicht hätte sie sich bei ihrem neuen Arbeitgeber – dem Medienmogul Louis Vandenberg – nicht ganz so weit aus dem Fenster lehnen sollen. Sie konnte sich gut an den demütigenden Abend vor knapp einer Woche erinnern: Nach einem längeren Meeting mit allen CEOs und den Ressortleitern hatte es im Verlagshaus einen Sektempfang gegeben, an dem auch der ‚Große Vandenberg' teilnehmen sollte. Jessica hatte die Gelegenheit nutzen wollen: Sie drängte sich durch den Kreis der Topmanager und sprach Louis Vandenberg direkt an.

Weiter als „...auf ein Wort, Mr. Vandenberg..." kam sie jedoch nicht: Die beiden Bodyguards ergriffen die junge Frau recht unwirsch, schleppten sie in einen Verhörraum, wo sie eine nicht sonderlich rücksichtsvolle, aber ausführliche Leibesvisitation vornahmen, anschließend führte man sie in einen Konferenzraum, aus dem sie bereits beim Näherkommen die gutturale Stimme des Medienmoguls brüllen hörte. „... nicht zu verhindern, dass mir jede kleine

Büroschlampe ihre Menstruationssorgen persönlich erzählt? Weaver, diese Tippse gehört zu ihrem Ressort, also erwarte ich eine Erklärung, und zwar dalli!"

Ihr Chef – Henry Weaver – antwortete recht kleinlaut, während Jessica in Handschellen hereingeführt wurde.

„Nun, Mister Vandenberg, mir ist es ebenso unerklärlich wie Ihnen. Aber Miss Deviance wird gerade hergebracht, wie ich sehe." Er ging ihr entgegen und fixierte sie mit einem Blick, der riesengroßen Ärger verhieß. Bevor er jedoch zu Wort kommen konnte, meldete sich der Medienmogul. „Ist die Schlampe sauber?"

Seine Sicherheitsleute nickten und er winkte die junge Frau heran. Sein Gesicht war rot angelaufen, er musste viele Minuten lang gebrüllt haben. Er ließ sich in einen der Clubsessel fallen und klang beinahe gelangweilt. „So. Was sollte das eben? Glauben sie, ein Mann in meiner Position hat Zeit für Hausfrauensorgen?"

Jessica biss sich auf die Lippen. Ihre Arme und vor allem ihre Handgelenke schmerzten, zudem brannten noch immer die respektlosen Berührungen der Hände und Finger auf ihrer Haut, die vor wenigen Augenblicken so ziemlich jeden Zentimeter ihres Körpers abgetastet hatten. Aber sie riss sich zusammen und erzählte dem neuen Eigentümer der Piper-Unicorn-Verlagsgruppe von ihrer Idee.

Man ließ sie gewähren. Sie wurde immer sicherer und erlaubte sich zwischendurch sogar ein Lächeln. Als sie geendet hatte, erhob sich der mächtige Mann, schüttelte den Kopf und ging an ihr vorbei zu Henry Weaver, ihrem Chef. Louis Vandenbergs Stimme klang leise, sehr leise. „Henry, mein Bester. Ich kann es kaum glauben. Ich meine, ich habe jetzt rund elf Minuten meines Lebens damit vergeudet, mir die feuchten Träume einer ihrer Mitarbeiterinnen anzuhören."

Er legte Henry Weaver den Arm um die Schulter und beugte sich vertraulich zu ihm herab. „Henry, wenn eine ihrer Tippsen nicht ausgelastet ist, besorgen sie ihr es doch bitte. So oft und so lange, bis sie brav ihre Arbeit erledigt und sich nicht in Dinge einmischt, von denen sie nichts versteht, okay?"

Jessicas Chef schluckte nur und wagte nicht, irgendjemanden anzusehen. Louis Vandenberg dagegen wandte sich um, kniff die Augen zusammen und grinste. Dann deutete er auf Jessica. Seine Stimme wurde wieder lauter. „Aber klar: Da findet sich einfach niemand, der es dieser grauen Maus besorgen will. Also wird sie größenwahnsinnig, meint, wenn schon nichts in ihrer trockenen Fotze läuft, dann wenigstens im Beruf! Seht sie Euch an, Leute: Da steht die Zukunft der Erotik! Ach ja: Anspruchsvolle Erotik sogar! Ein eigenes Ressort bei Piper-Unicorn!"

Er kam näher und begann erneut, zu brüllen. „Anspruchsvolle Erotik? Sieh Dich doch mal an, Du armseliges Heimchen! Ist das hier Deine Vorstellung von Erotik? Meinst Du, bei dem Anblick kriegt auch nur ein Mann einen Ständer? Oder dabei?"

Der Medienmogul zupfte sie bei seinen Worten an ihrer Kleidung, schlug ihr auf den Hintern und griff ihr herzhaft an die Brüste, mit beiden Händen gleichzeitig. Anschließend schob er sie brutal von sich in Richtung der beiden Sicherheitsleute. Dann überschlug sich seine Stimme. „Schafft sie mir aus den Augen, die hässliche Schlampe. Bindet sie an ihren Schreibtisch und besorgt es ihr mit euren Gummiknüppeln, am besten in alle Löcher gleichzeitig, vielleicht gibt sie dann Ruhe!"

Jessica kämpfte mit den Tränen und ließ sich ohne Widerstand aus dem Raum führen. Das Letzte, was sie hörte, war der große Louis Vandenberg, der mit gefährlich leiser Stimme den Namen ihres Chefs aussprach. „Henry Weaver, hierher. Alle anderen raus."

Die Bodyguards führten sie bis an ihren Schreibtisch, dort nahmen sie ihr die Handschellen ab. Einer von Ihnen deutete auf den Bürostuhl. „Setzen und Hierbleiben. Sie hören von uns."

Die junge Verlagsassistentin musste gute zwanzig Minuten warten, bis sich jemand durch das dunkle Großraumbüro ihrem Arbeitsplatz näherte. Bald erkannte sie Henry Weaver. Sie erhob sich, doch er deutete auf den Stuhl und sie setzte sich wieder. Er rieb sich mit Daumen und Zeigefinger über die Augen und ließ sich auf der Ecke der Tischplatte nieder. Dann holte er tief Luft. „Gut, Jessica. Das war... eine Riesenscheiße."

Sie nickte und presste die Lippen aufeinander. Ihr war so schlecht, dass sie fürchtete, sich gleich übergeben zu müssen. Henry Weaver faltete die Hände. „Mister Vandenberg ist stinksauer. Supersauer. Ich habe ihm angeboten, Sie sofort zu feuern und dafür zu sorgen, dass Sie nie wieder eine Anstellung in der Verlagsbranche bekommen."

Jessica hustete und würgte vernehmlich. Ihr Chef ergriff sie unsanft am Kinn und zwang sie, ihm ins Gesicht zu sehen. „Jetzt reißen Sie Sich zusammen, verdammt. Mister Vandenberg hat gemeint, dass ein Rausschmiss zu einfach sei. Er will Ihnen eine Lehre erteilen: Sie sollen in sechs Monaten mindestens acht Bestseller-Autoren für Ihr Projekt gewinnen. Wenn Ihnen das gelingt, bekommen Sie ihr eigenes Ressort, genau so, wie sie es sich vorstellen. Dann wären sie die jüngste Cheflektorin in einem internationalen Verlagshaus."

Die junge Frau schluckte und starrte ihren Chef mit großen Augen an. „Was, wenn mir das nicht gelingt?"

Ihre Stimme zitterte. Henry Weaver gab sie frei, hob die Schultern und lachte kurz. „Keine Ahnung. Dann passiert nichts Gutes, jedenfalls. Ab jetzt berichten Sie nur noch direkt an mich. Ich will über jeden Ihrer Schritte Bescheid wissen. Und ich will auch, dass sie sich an alle meine Anweisungen halten, punktgenau, ohne Widerrede, ohne Wenn und Aber, egal, was ich von Ihnen verlange. Und dafür, meine liebe Jessica, brauche ich jetzt auf der Stelle einen zweifelsfreien Beweis von Ihnen."

Sie erinnerte sich daran, dass er nach diesen Worten seine Hose geöffnet und ihr ungeduldig zugenickt hatte. Jeden Gedanken an das, was dann geschehen war, versuchte Jessica erfolglos aus ihrem Gedächtnis zu verbannen: An seine Hände, die ihre langen Haare umschlungen hielten und mit denen er das Vor und Zurück ihres Kopfes dirigierte, an den Brechreiz, wenn er sich zu tief in ihre Kehle schob, an das Lachen, mit dem er ihre Folgsamkeit quittierte, an den kurzen Strom erdig und schal schmeckender, sämiger Flüssigkeit, die sie hinunterwürgen musste und an die Demütigung, die sie immer noch empfand – auch jetzt, in diesem Moment, in dem sie auf dem schlammigen Boden vor dem Anwesen des Bestseller-Autors Bryndon Keller im Dreck kniete, dabei war, sich ihr Outfit zu ruinieren und sich eine ordentliche Erkältung zu zuziehen. Doch die Zeit lief: Vier Tage hatte allein die Recherche gedauert, jetzt musste sie einen ersten Erfolg liefern. Sonst konnte es jederzeit passieren, dass Henry Weaver erneut Beweise für ihre Folgsamkeit einforderte und daran mochte sie nicht einmal denken.

Mit einem satten Schmatzen löste sich der Schuh endlich aus dem feuchten Untergrund. Immerhin, ein erster Fortschritt, auch wenn die Reinigung des Lackleders einige Zeit kosten würde. Sie richtete sich auf, angelte nach ihrer Campomaggi-Handtasche und wollte gerade auf einem Bein zurück zum befestigten Feldweg hüpfen, als ein schwarzer Schatten aus dem Unterholz schoss, sie ohne Warnung ansprang und der Länge nach umwarf.

Hilflos lag sie auf dem Rücken und spürte die schlammige Feuchtigkeit auf ihrer fast nackten Haut, doch der bullige Hund, der sich mit den Vorderpfoten auf ihrem Bauch abstützte und drohend knurrte, ließ sie wie erstarrt liegenbleiben. Endlich, als ihr Kleid bereits bis auf die Haut durchnässt und der Geifer aus dem Maul des schweren Tieres zum wiederholten Mal in ihr Gesicht gespritzt war, erklang ein leises Rascheln außerhalb ihres Sichtfeldes. Aufatmend registrierte sie näher kommende Schritte. „Winston, aus. Hierher, bei Fuß."

Die Männerstimme hatte einen angenehmen, rauen Klang und vor allem: Der Hund gehorchte aufs Wort. Er ließ von ihr ab und trottete in die Richtung, aus der die Stimme gekommen war. Jessica wollte sich erleichtert aufrichten, aber die Mündung einer doppelläufigen Schrotflinte, die unsanft gegen ihre Brust gedrückt wurde, unterbrach ihre Bewegung. Sie sah auf und blickte einem hochgewachsenen, schlanken Mann um die Fünfzig ins Gesicht. Er kniff die Augen zusammen und deutete mit dem Kinn auf sie. „Was schnüffeln Sie hier herum, Miss? Wissen Sie, dass das Hausfriedensbruch ist? Und dass ich Sie jetzt einfach erschießen könnte, ohne eine Strafe befürchten zu müssen?"

Der Mann trug einen dunkelgrünen Lodenmantel, der schon bessere Tage gesehen hatte. Seine Füße steckten in schwarzen Gummistiefeln und er hatte einen Ledersack über der Schulter hängen, aus dem ein Fasanenkopf baumelte. Ganz offensichtlich kam er von der Jagd: Er roch nach Pulver, Schweiß und modriger Feuchtigkeit. Jessica konnte nicht sagen, ob er seine Worte ernst gemeint hatte, doch bevor sie zu einer Antwort kam, herrschte der Jäger sie an. „Los, umdrehen. Auf den Bauch."

Als sie ihn irritiert ansah, schnalzte er mit der Zunge und der Hund sprang knurrend herbei. Jessica beeilte sich, der Aufforderung augenblicklich nachzukommen und fluchte innerlich: Jetzt war die Vorderseite ihres Kleides ebenfalls ruiniert.

Zwei starke, schlanke Hände packten ihre beiden Arme, bogen sie auf den Rücken und winkelten sie so an, dass die Finger nach oben zu den Schultern zeigten. Dann wurde ein grober Strick darum geschlungen, die beiden Enden um ihren Hals gelegt und anschließend fest miteinander verknotet. Die junge Frau keuchte entsetzt: Das raue Seil lag so fest um ihren Hals, dass sie fast keine Luft bekam. Verzweifelt bemühte sie sich, ihre Arme nach oben zu drücken, um die Spannung vom Seil zu nehmen, doch das gelang ihr erst, als der Mann sie zurück auf den Rücken gedreht und dann ihren Oberkörper aufgerichtet und gegen den schmiedeeisernen Zaun gelehnt hatte.

Jessica versuchte, an sich herabzusehen, doch der Strick ließ nicht zu, dass sie ihren Kopf nach unten beugen konnte. Sie spürte, dass ihr das ohnehin zu kurze Kleid die Schenkel hinaufgerutscht war, sie saß mit den Pobacken direkt im feuchten Schlamm. Ihre Seidenstrümpfe waren an einigen Stellen zerrissen und auch der zweite Schuh saß nicht mehr auf ihrem Fuß. Ihre Beine waren angewinkelt und leicht gespreizt, in einer anderen Stellung konnte sie kaum genügend Luft bekommen. Sie keuchte und versuchte ein Krächzen. „Bitte. Such... ...tor, nicht... ...friedensbruch..."

Der Jäger kniete inzwischen neben ihr und durchsuchte ihre Handtasche. „Sie können kein Mädchen von der Agentur sein, für heute habe ich Keins bestellt. Außerdem sehen die wesentlich attraktiver aus als sie."

Er warf einen Seitenblick auf Jessica, die sich erneut abmühte, verständliche Worte zu formulieren. „...eller... ...uche ...ryndon... ...eller..."

Er nickte, ohne sich wieder zu ihr umzudrehen. „Klar suchen sie Bryndon Keller, warum sollten sie sonst hier herumschnüffeln? Journalistin, nehme ich an. Ich hab ihr kleines deutsches Sportwägelchen gesehen, da oben am Weg. Und dann diese Partykleidung. Für welches Blatt schreiben sie?"

Sie schüttelte instinktiv den Kopf, was die Schlinge enger zog und ihr die Luft nahm. Der Mann beugte sich über sie, das Knie zwischen ihren Beinen, umarmte sie und presste ihre Arme auf dem Rücken zusammen. Das schmerzte zwar in allen Gelenken, aber sofort löste sich der Druck um ihren Hals. Sie bekam etwas besser Luft. „Mein Name ist Jesska... Devans... ...dammt... ich... ...lagsassistentin... ...nicorn..."

Der Jäger wiederholte den Vorgang, legte danach aber sofort einen Finger auf ihre Lippen. „Halten Sie den Mund. Jede kleinste Bewegung erhöht die Spannung auf dem Halsseil. Wenn sie nicht ersticken wollen, seien sie jetzt besser still."

Er wandte sich wieder dem Inhalt ihrer Handtasche zu und Jessica ergab sich in ihr Schicksal. Inzwischen fror sie erbärmlich: Ihre Kleidung war völlig verschmutzt und durchnässt, zudem hatte sie sich in den letzten Minuten kaum bewegen können. Der Hund kam hechelnd näher und begann unvermittelt, ihr das Gesicht abzulecken. Die junge Verlagsassistentin versuchte erst gar nicht, der warmen, schmierigen Zunge auszuweichen, sie gab nur ab und zu leise Würgelaute von sich. „Diese Fesselungsart habe ich bei den Green Berets gelernt. Tolle Sache, nicht? Wirkt bei Kriegsgefangenen Wunder – nach drei Stunden sind die mürbe. Aber mit ihr kann man auch im Privatleben einige nette Sachen machen, sofern man gewisse Vorlieben hat."

Das Grinsen in seiner Stimme war unüberhörbar. Jessica schloss die Augen und versuchte, die penetrante Hundezunge in ihrem Gesicht auszublenden. Soweit sie sich erinnern konnte, war Bryndon Keller bis Mitte Zwanzig Mitglied dieser legendären Spezialeinheit, den Green Berets, gewesen. Sie spürte eine leichte Übelkeit in sich aufsteigen. „...ister ...eller... ...itte..."

Der Angesprochene hob die Hand und sie verstummte. „Hier hab ich was: Jessica Deviance, Piper-Unicorn. Das sind sie?" Anstatt zu Nicken schloss die junge Frau die Augen. „Gestatten: Bryndon Keller. Ich nehme an, sie wollen zu mir?"

Jessica biss sich auf die Lippen. Der Bestseller-Autor wandte sich zu ihr um. „Deviance, das klingt französisch. Sind sie Französin?"

Er blickte abschätzend an ihr herab und schüttelte den Kopf. „Nein, glaube ich nicht. Französinnen sind in aller Regel hübsch. Nicht, dass sie mich falsch verstehen: Sie sind nicht hässlich. Aber alles in allem..."

Er erhob sich und Jessica krächzte. „...dlich ...osmache..."

Bryndon Keller trat einige Schritte zurück. „Winston, hierher. Komm, bei Fuß."

Der Hund gehorchte erneut aufs Wort. Der Schriftsteller ging in eine Art Hockstellung und deutete auf die junge Frau. „Ihre Beine sind etwas zu lang. Lange Beine haben zwar etwas, aber ihre wirken irgendwie... na, wie Storchenbeine. So lang und dünn."

Jessica rollte mit den Augen, stieß geräuschvoll die Luft durch die Nase aus, doch er fuhr ungerührt fort. „Das liegt vielleicht auch daran, dass sie so gut wie keinen Arsch haben. Also, keinen runden, prallen Hintern, meine ich. Sie wirken zu knabenhaft. Da können lange Beine ein echter Nachteil sein."

Die junge Frau bemühte sich, ruhig zu atmen. Sie hielt die Augen geschlossen. Er erhob sich, trat näher und fummelte irgendwo am unteren Ende ihres Kleides herum, dort, wo sie sich längst an die unangenehme Zugluft gewöhnt hatte.

„Tja, das ist zwar sehr anregend, aber so oft ist dieser Körperteil ja nicht zu sehen. Und irgendwie sind da alle Frauen hübsch, jede auf ihre Weise."

Jessica spürte, dass sie rot wurde. Sie unterdrückte den Impuls, ihre Beine zusammenzupressen, denn sie wusste inzwischen, wie sich eine solche Bewegung auf die Schlinge um ihren Hals auswirken würde. Sie empfand es mittlerweile als dumme Idee, auf den Slip verzichtet zu haben und fragte sich, was sie erwartet hatte. In der Stimme des Schriftstellers klang dagegen inzwischen so etwas wie Belustigung mit. „Alles ein wenig unproportioniert, würde ich sagen. Ihre Brüste sind deutlich zu groß für ihren knochigen Oberkörper, sonst fehlt es ihnen allerdings an weiblichen Rundungen. Kaum einen Arsch, keine Hüften, wenig sichtbare Taille. Der lange Hals, die langen Beine, die vielen Knochen, die hervortreten: Sie sollten mal etwas mehr Essen, Mädchen. Also, als Französin wären sie eine Enttäuschung. Immerhin macht ihr Gesicht einiges wett, das sieht recht ordentlich aus. Na ja, wenn man mit den Sommersprossen klar kommt." Er fuhr mit einem Finger über ihre Lippen hinauf zur Nase und grinste. „Ja, das ist sogar richtig niedlich: Die kleine Stupsnase, die geschwungenen Lippen. Und ihre Haare, das ist dunkelbraun, nicht wahr? So schön lang und glatt, wie der Schweif eines Pferdes. Ein bisschen uninteressant geschnitten, aber das dürfte jeder Provinzfriseur in Ordnung bringen können."

Der Finger fuhr zurück zum Mund. Jessica konnte es nicht fassen: Er zog ihre Lippen auseinander, als wäre sie eine Stute auf dem Viehmarkt. „Oh, die Zähne. Hübsch anzusehen, gerade und regelmäßig, auch wenn sie nicht ganz so strahlend weiß sind wie in der Werbung. Auf ihre Zähne sind sie stolz, nicht wahr? Können sie auch, genau wie auf die Farbe ihrer Augen. So ein leuchtendes hellbraun sieht man selten."

Er langte an seinen Gürtel und zog ein langes, schlankes Messer aus einer Scheide, die ihr vorher gar nicht aufgefallen war. Jessica sah ihn entsetzt an und bemühte sich, der Klinge auszuweichen, was sofort Atemnot bei ihr auslöste. „Ganz ruhig, Jessica Deviance. Das Problem bei diesem Knoten ist, dass er sich bei jeder Bewegung fest zuzieht, das hatte ich Dir doch schon erklärt. Und bevor ich ihn wieder aufgefummelt habe, bist Du erstickt, und das will ja niemand. Also werde ich ihn jetzt aufschneiden, doch dazu musst Du aufhören zu zappeln."

Die junge Frau schnappte verzweifelt nach Luft, doch dieses Mal konnte die Spannung auf dem Seil auch nicht durch den Hilfsgriff gemindert werden. Ihr wurde einfach schwarz vor Augen.

~

Als sie erwachte, lag sie völlig nackt unter einer rauen Decke in einem gut beheizten Raum. Sie wollte sich aufrichten, doch eine schmale, knochige Hand hielt sie mit eindrucksvoller Kraft an der Schulter fest. „Warten sie noch einen Augenblick, bevor sie aufstehen, Miss. Der Kreislauf."

Die Stimme klang schnarrend und missmutig. Jessica wandte sich im Liegen um: Hinter ihr saß die alte Frau, die sie vorhin im Garten gesehen hatte. Sie trug allerdings keine Gärtnerkleidung mehr, sondern ein glattes, dunkelgraues Kostüm, wie es unter den höheren Hausangestellten in England üblich war. Das fast weiße Haar war zu einem strengen Knoten zusammengesteckt, die dünnen Lippen hielt die Frau fest aufeinandergepresst und ihren Augen fehlte jegliches Lächeln. Jessica erschauerte. „Wo bin ich? Wer sind sie? Wo ist..."

Die dürre Hand legte sich auf den Mund der jungen Frau und unterband jedes weitere Wort. „Alles zu seiner Zeit, Miss. Sie waren bewusstlos. Ruhen sie sich noch eine Weile aus. Anschließend werde ich sie säubern und neu einkleiden. Mister Keller erwartet sie später im Kaminzimmer."

~

Jessica schritt langsam die mächtige Holztreppe hinab, den Kopf erhoben und den Blick starr nach vorn gerichtet. Die alte Frau, die sich ihr schroff als Abigail vorgestellt hatte, hielt Jessicas Oberarm in einem eisernen Griff und sorgte dafür, dass die junge Verlagsassistentin sich genau so verhielt, wie es die Haushälterin für angemessen erachtete.

Obwohl diese Abigail schon weit über siebzig Jahre alt zu sein schien, verfügte sie nicht nur über eine erstaunliche Körperkraft, sondern war mit einem ausgeprägten Durchsetzungsvermögen gesegnet: Jessica hatte schnell lernen müssen, dass die Haushälterin des Schriftstellers keine Widerrede duldete und sich auch nicht scheute, nötigenfalls Gewalt anzuwenden. Nach der Aufforderung, ihr ins Bad zu folgen, hatte die junge Frau zunächst wissen wollen, wie spät es sei, daraufhin hatte Abigail sie kurzerhand an den Haaren gepackt, sie durch das Zimmer hinaus auf den Flur geschleift, um ihr dort zwei schallende Ohrfeigen zu geben. Jessica war so bestürzt gewesen, dass sie sich von der Alten ohne jeden Widerstand in den geräumigen und feudal eingerichteten Waschraum hatte führen lassen.

Abigail hatte abgesperrt, Jessica unter die Dusche geschoben und das kalte Wasser aufgedreht. Die entsetzten Schreie der jungen Frau unterband die Haushälterin mit einem weiteren Schlag ins Gesicht, danach schrubbte sie ihr die gesamte Haut mit einer harten Bürste ab, ohne eine einzige Regung zu zeigen. Nach dieser Behandlung zitterte Jessica am ganzen Leib, doch sie verkniff sich jede Reaktion – sie wollte die Alte nicht noch einmal herausfordern. Sie trocknete sich hastig ab, als ihr das Handtuch gereicht wurde, zog sich den viel zu kurzen Kimono an, als Abigail darauf deutete und schlüpfte in die flachen Slipper, die für sie bereitstanden.

Anschließend ergriff die weißhaarige Frau den Arm der jungen Verlagsassistentin und führte sie zur Treppe. Dort angekommen, nahm Jessica ihren ganzen Mut zusammen und blieb stehen. „Wo bringen Sie mich hin, Abigail?"

Die Alte deutete hinunter. „Zu ihm. Wegen ihm sind sie doch hier, oder nicht?"

Ihre Stimme klang gleichgültig, doch ihre Mundwinkel zuckten leicht. Sie verstärkte den Griff um den Oberarm und Jessica keuchte auf. Die Haushälterin schob sie in Richtung Treppe. „Jetzt gehen sie endlich und fordern mich nicht weiter heraus. Es wäre mir eine Freude, sie leiden zu lassen."

Jessica gab jeden Widerstand auf und ließ sich von der alten Frau führen. Sie spürte den kühlen Luftzug an ihren Oberschenkeln und in ihrem Schritt, der seidene Bademantel, den sie trug, war zu kurz und sie war nackt darunter. Nur ein schmaler Gürtel hielt ihn zusammen und sie befürchtete bei jedem Schritt, dass dieser aufgehen könnte. Unten angekommen gab die Alte sie frei. „Bleiben Sie stehen. Heben Sie die Arme."

Die junge Verlagsassistentin kam der Aufforderung augenblicklich nach. Abigail trat vor sie, löste den Seidengürtel, öffnete das hauchdünne Mäntelchen und ließ ihren Blick über Jessicas Körper schweifen. Dann schüttelte sie abfällig den Kopf. „Sowas. Normalerweise sind sie deutlich hübscher. Und sie stellen sich nicht so ungeschickt an. Sie sind noch nicht lange im Geschäft, soviel steht fest."

Jessica holte tief Luft und presste die Lippen zusammen. Die Haushälterin legte die beiden Seiten des Kimonos übereinander, dann schlang sie den Gürtel zweimal um die Taille der jüngeren Frau und verknotete ihn kunstvoll. Anschließend ergriff sie das längere Ende, das senkrecht vor Jessicas Bauch herabhing. „Daran ziehen, wenn es soweit ist, dass Sie ihn öffnen müssen. Einfach kräftig nach unten ziehen. Können Sie sich das merken?" Jessica nickte langsam. „Ich denke schon. Für wen oder was halten sie mich eigentlich?"

Die Haushälterin hob nur die Schultern, ergriff Jessicas Haarschopf, drehte ihn um ihre knochige Hand und zog daran. Augenblicklich schrie die junge Frau erstickt auf und ging in die Knie. Die Alte entblößte ihre erstaunlich gut erhaltenen und gesund wirkenden Zähne, was einem Lächeln einigermaßen nahe kam. „Es ist egal, für wen oder was ich Sie halte, Miss. Sie sollten nicht frech werden, nicht zu mir und nicht zu ihm. Haben Sie das verstanden?"

Jessica stöhnte kurz und nickte dann. Sie verkniff sich jede weitere Bemerkung und ließ sich willig führen, als die Alte sie mit sich zog. Sie erreichten eine schwere Eichentür, die sich genau gegenüber vom Haupteingang befand. Die Haushälterin klopfte an, während sie die Haare von Jessica fest im Griff behielt. Eine Stimme ertönte von innen. „Herein."

Abigail schob die Tür auf und zog Jessica mit sich. Nach einigen Schritten blieb die Alte stehen. Sie verstärkte den Zug an den Haaren, so dass die jüngere Frau erneut unter Stöhnen auf die Knie ging. „Sire, hier ist Miss Deviance, zu Eurer Verfügung. Sie ist gereinigt und nach Euren Vorgaben gekleidet."

Im Hintergrund flackerte der Kamin, das ganze Zimmer schien rauchgeschwärzt. Die wenigen Möbel waren dunkel und massiv. Bryndon Keller, der jetzt eine schwarze Bundfaltenhose und ein glattes, weißes Oberhemd trug, erhob sich aus einem alten, ledernen Ohrensessel. „Oh Abigail, sei doch nicht so grob mit ihr. Sie ist den weiten Weg von London hierher gekommen, nur um mir ein Angebot zu machen. Stimmt's, Miss Deviance?"

Wieder schwang in seinen Worten diese feine Ironie mit, die Jessica schon bei ihrer ersten Begegnung an der Grundstücksgrenze wahrgenommen hatte. Sie warf einen Blick auf die Haushälterin und beeilte sich, zu nicken. „Ja, Mister Keller. Ein sehr gutes Angebot sogar. Wollen sie…"

Der Handrücken der Alten traf ihren Mund und sie verstummte. Der Schriftsteller grinste und schüttelte den Kopf. „Bitte, Abigail, nicht immer so brutal. Was soll Miss Deviance von uns denken?"

Er deutete auf eine Balkenkonstruktion zu seiner Linken, die Jessica im ersten Moment für einen dekorativen Raumteiler gehalten hatte und räusperte sich gekünstelt. „Mach sie fest, Abigail, und dann lass uns bitte allein."

Die Alte zerrte Jessica zu den Balken, richtete sie auf, ergriff ihren linken Arm, führte ihr Handgelenk über ihrem Kopf durch eine Lederschlaufe und zog diese fest, dann wiederholte sie das Ganze mit dem rechten Arm der jungen Frau. Anschließend nahm sie ein weiches Lederband, schlang es um Jessicas Hals und fixierte es mit wenigen Griffen ebenfalls an dem Balken. „Die Beine auch, Sire?"

Bryndon Keller winkte ab. „Nein, ist schon gut, Abigail. Gute Nacht."

Er wartete ab, bis die Alte den Raum verlassen hatte, dann wandte er sich zu Jessica um und trat näher. Er lächelte. „So wie ich das sehe, liebste Miss Deviance, haben wir beide jetzt ein wenig Zeit, um Ihr Anliegen zu besprechen. Ich gehe davon aus, dass es eine Art Verhandlung werden wird, also sehen mir bitte nach, dass ich mir einen kleinen psychologischen Vorteil verschafft habe."

Jessica zog probehalber an den Bändern, von denen ihre Handgelenke gehalten wurden, doch diese saßen fest. Der Lederriemen, der um ihren Hals geschlungen war, ließ dagegen leichte Bewegungen zu. Sie bewegte den Kopf hin und her und endlich spuckte sie aus, in Richtung des Bestseller-Autors, der sich grinsend mit einem Schritt zur Seite in Sicherheit brachte. „Sie perverser Freak! Das ist Freiheitsberaubung! Ich werde Anzeige gegen Sie erstatten, gegen Sie und ihre Greisin da oben gleich mit! Ich werde..."

Bryndon Keller legte der empörten jungen Frau die Hand auf den Mund und schüttelte erneut den Kopf. „Na, na, na. Beruhige Dich mal, liebste Jessica. Ich schätze, wir werden heute Abend zu vollumfänglichen, beide Seiten zufriedenstellenden Übereinkünften kommen. Wenn Du allerdings nicht aufhörst zu schreien, dann könnte ich auch mit Knebeln arbeiten. Oder ich drücke Dir wieder die Luft ab. Wie steht's also? Wirst Du vernünftig sein?"

Jessica holte tief Luft und ihre Nasenflügel bebten. Dann deutete sie ein Nicken an. Der Schriftsteller schnippte mit den Fingern und trat einen Schritt zurück. „Das ist schön. Nun bemüh Dich bitte, nicht so eine grimmige Miene zu machen. Ich verbringe meine überwiegende Zeit in der Gesellschaft von Abigail, und wie Du vielleicht schon bemerkt hast ist die alte Dame auch nicht gerade mit Frohsinn gesegnet."

„Was ja auch kein Wunder ist wenn man bedenkt, dass Sie sie niemals geheiratet haben." Jessicas Stimme klang giftig und böse, aber der hochgewachsene Schriftsteller winkte ab. „Ach, liebes Kind. Mein Verhältnis zu Abigail war immer schon etwas anders, als es sich die Leute vorgestellt haben. Sieh Dir die alte Dame an, sie ist fast zwanzig Jahre älter als ich. Wir hatten Zeit unseres gemeinsamen Lebens eine... nun, ich möchte sagen: Eine ganz spezielle Beziehung. Ehe oder so etwas hätte da nicht gepasst."

„Ach, und deshalb muss sie miterleben, wie Sie sich mit jungen Frauen vergnügen, die sie auch noch bezahlen?" Ihre Worte waren eher ein Zischen, aber anstatt zu antworten hob Bryndon Keller eine Hand und verschwand in Richtung Kamin. Er schob in aller Seelenruhe einen der schweren Ledersessel vor die Balkenkonstruktion, danach einen kleinen Beistelltisch, dann ging er nochmals in den hinteren Teil des Raumes und kam mit einer Flasche Single-Highland-Malt und einem Whiskyglas zurück. Er schenkte sich ein und ließ sich auf dem Sessel nieder. „Ich sehe schon, unsere Verhandlung kann dauern. Ich mag nicht die ganze Zeit stehen, sieh mir das nach, liebste Jessica. Ich darf Dich doch so nennen?"

„Sie können mich nennen, wie Sie wollen! Das hier wird ein Nachspiel haben, und das wird für Sie keine Freude sein, verlassen Sie sich drauf!" Die Stimme der jungen Frau drohte ins Schrille abzugleiten. Der alternde Schriftsteller hielt sich theatralisch die Ohren zu. Dann grinste er und prostete Jessica zu. „Bist Du so empört, weil ich mir ab und zu eine junge Frau kaufe? Für nächtliche Spielchen?"

„Nein, ich bin so empört, weil sie mich heute fast erdrosselt haben, ich von ihrer Furie da oben verprügelt, in Eiswasser gebadet, mit einer Wurzelbürste geschrubbt und anschließend wie eine Fünfzig-Pfund-Nutte verkleidet worden bin. Und weil ich jetzt hier an diesem Gestell hänge wie eine Sklavin in einem schlechten SM-Roman! Außerdem musste ich die Liebesbekundungen ihres Rottweilers über mich ergehen lassen, das allein reicht völlig für eine angemessene Empörung!" Am Ende ihrer Aufzählung senkte sie endlich ihre Stimme. Bryndon Keller nahm einen Schluck, hustete kurz und setzte sich dann auf.

„Winston ist doch kein Rottweiler, liebste Jessica. Er ist ein Hovawart, wenngleich ich manchmal das Gefühl habe, da hat noch ein Dobermann reingeschmeckt, irgendwann in seiner Ahnenlinie. Und er mochte Dich auf Anhieb, das ist selten bei ihm. Er wollte Dir nur helfen, weil er gespürt hat, dass es Dir nicht gut geht. Du musst fürchterlich gefroren haben, in diesem Fähnchen."

Jessica schluckte und nickte, soweit ihr Halsband das zuließ. „Habe ich. Ich habe gefroren, war verdreckt von oben bis unten, fast am Ersticken, das Outfit war ruiniert, der ganze Plan im Eimer, Scheitern auf der ganzen Linie. Und wenn ich je wieder nach Hause komme, bin ich so gut wie erledigt." Sie brach in Tränen aus.

Der Bestseller-Autor sprang auf, stellte sein Glas ab und trat zu ihr. Sanft legte er ihr eine Hand auf die Schulter, mit der anderen wischte er ihr über das Gesicht. „Aber, aber. Jessica. Nicht doch. Sieh doch, wir verstehen uns von Minute zu Minute immer besser. Noch ist gar nichts verloren. Wenn Du mir jetzt endlich sagst, was Du von mir willst, kommen wir bestimmt einige Schritte weiter." Er trat zurück und hob ihr Kinn an. Sie kniff kurz die Augen zusammen und nickte dann. „Einverstanden. Aber machen Sie mich vorher los?"

Er schüttelte den Kopf und setzte sich wieder. „Nein. Aber ich mache Dir einen anderen Vorschlag: Ich spreche meine Vermutungen aus und Du bestätigst oder berichtigst sie. Danach binde ich Dich los."

Jessica seufzte kurz. „Habe ich eine Wahl?"

Der alternde Schriftsteller grinste. Dann nahm er einen Schluck Whisky und deutete mit dem Zeigefinger auf die junge, gefesselte Verlagsassistentin. „Ich beginne, Dich zu mögen, Jessica. Du entwickelst einen Hang zur fatalistischen Ironie. Mach ruhig weiter so. Also: Du bist eine Streberin, die sich bei Piper-Unicorn profilieren will, gerade jetzt, so kurz nach der Übernahme durch Vandenberg. Du hast irgendeine krude Idee, zu deren Verwirklichung Du Leute wie mich brauchst – abgewrackte, unerfolgreiche ehemalige Bestseller-Autoren. Nun?"

„Ich finde Sie gar nicht so abgewrackt. Außerdem schreiben sie toll. Ihnen fehlt nur das richtige Marketing."

Bryndon Keller lachte auf. „Wow, Jessy! Das machst Du ja schon richtig professionell. Meine kleinen Escort-Mädchen geben mir auch immer das Gefühl, ein toller Hecht zu sein, weil sie wissen, dass dann schon mal ein Extraschein drin ist." Jessica konnte ein Schmunzeln nicht unterdrücken. „Der ‚Extraschein' wäre für mich jetzt, dass Sie mich losbinden, Mister Keller. Ihre Vermutungen treffen ziemlich ins Schwarze, ich würde meine Idee nur nicht ‚krude' nennen."

„Ziemlich ist noch nicht präzise. Erklär es mir, Jessy, ich habe Zeit. Mir schlafen die Arme nicht so schnell ein wie Dir." Er zwinkerte und ließ sich wieder in den Sessel gleiten.

Jessica seufzte. „Gut, Sie Nervensäge. Meine Idee ist, ganz vereinfacht gesagt, eine neue Literatur-Gattung: ‚Anspruchsvolle Erotik'. Sehen Sie, wenn Sie Henry Miller zur Hand nehmen ist das reinster Porno, nicht besser und nicht schlechter als Vieles, das heute im Internet auf einschlägigen Foren veröffentlicht wird. Bukowski ist Trash, reiner Schund, krank sogar, aber es hat sich verkauft. Warum? Weil ein Name gepuscht wurde. Ich suche Autoren, die einen Namen haben und anspruchsvoll schreiben. Nur eben ein bisschen erotischer als üblich. ‚Fifty Shades' hat die Türen geöffnet, doch niemand reagiert richtig, alle machen es bestenfalls nach, kopieren lediglich. Die großen Verlage sind zaghaft, das Thema..."

Bryndon Keller hob die Hand und Jessica verstummte augenblicklich. Er beugte sich vor uns stieß einen Pfiff aus. „Donnerwetter, Jessy. Jetzt habe ich gerade einen Steifen bekommen. Da weht ja plötzlich ein ganz anderer Duft von Dir herüber. Bist Du etwa feucht im Schritt?" Er stellte sein Whiskyglas ab, erhob sich und trat zu ihr. „Darf ich mal prüfen? Du bist doch ganz bestimmt feucht geworden, oder?"

Sie schüttelte mühsam den Kopf. „Bitte, machen Sie das nicht, Mister Keller. Ja, ich bin feucht, glauben Sie mir das, aber prüfen Sie das nicht nach, ja?"

Er sah ihr lange in die Augen, dann nickte er. „Ich glaube Dir, Jess. Du bist eine ehrliche Haut, zum Lügen fehlt Dir die Erfahrung. Aber jetzt gerade schreit alles an Dir ‚nimm mich' und ich bin auch nur ein Mann. Ich würde Dich jetzt gerne berühren, aber selbstverständlich nicht, wenn Du es nicht willst. Du siehst sehr hübsch aus, in diesem Moment, ganz anders, als heute Nachmittag. Regelrecht wundervoll. Erzähl bitte weiter. Ich will mehr davon..."

Er ging zurück in seinen Sessel und nahm wieder Platz. Jessica schluckte trocken. „Danke, Mister Keller. Sie sind... ein Gentleman. Ich habe Angst, dass ich gleich tropfe und das will ich nicht unbedingt, wenn Sie verstehen. Sie sehen übrigens auch toll aus, für einen Mann ihres Alters, zumindest. Ach, entschuldigen Sie, das war nicht so gemeint. Ich meine, Sie brauchten sich keine jungen Frauen zu kaufen, da gäbe es sicher welche, die es ganz freiwill…"

„Jess?"

„Ja, Mister Keller?"

„Komm zum Thema zurück, bitte. Deine Idee, und alle Hintergründe. Ich kann Dich nicht mehr lange leiden sehen." Er grinste kurz und nahm noch einen Schluck.

Jessica stöhnte und reckte sich, dann fuhr sie fort. „Ja, es beginnt, weh zu tun, Mister Keller. Aber egal. Meine Idee, ja. Erotik, anspruchsvoll. Große Namen aus der Literatur, die immer wieder nette, kleine Geschichten schreiben. Heute haben wir Internet, Online-Vermarktung, Downloads, aber auch Hörbücher, Voice-Streams, und nicht zu vergessen Film, TV, Serien. Crossmarketing, Eins befruchtet das Andere. Denken Sie an ‚Game of Thrones' – Serie verkauft Buch. ‚Outlander' – Buch verkauft Serie. Blogs, Dating- und Sex-Portale, die Unplugged-Welle, Öko-, Bio-Trends, den Konsumenten verlangt es trotz allem nach Qualität, er will… oh Gott, was machen Sie da!?"

Bryndon Keller erhob sich ruckartig aus seiner knienden Stellung und wischte sich über die Lippen. Er trat einen Schritt zurück und wirkte das erste Mal, seit sie ihn gesehen hatte, verlegen. „Entschuldigung, vielmals, bitte. Ich wollte Dich nicht erschrecken, Jess, aber Du müsstest Dich mal miterleben, wenn Du über Deine Vision redest. Vergiss es ganz schnell, ja? Meine Zunge war nie da, hat Dich nie berührt, nie in Dich hineingeschmeckt!" Er winkte mehrfach ab. „Oh je, oh je, oh je. Das wollte ich nicht, ich hatte es Dir versprochen. Bitte halte mich nicht für so einen, ja?"

Er trat noch einen weiteren Schritt zurück und stolperte beinahe über den Sessel. Jessica musste gegen ihren Willen lachen, doch die Unruhe in ihrem Schritt ließ ein seltsames Geräusch daraus werden. „Scheiße, das tat gut." Sie flüsterte.

Er fuhr sich mit der Zunge über die Lippen und nickte. „Scheiße, ja. Du bist vollkommen erregt, Jess. Du schmeckst nach reiner Wollust."

Sie schloss die Augen. „Hör auf damit. Ich meine: Hören Sie bitte auf damit, Mister Keller. Ich bin verdammt noch mal nicht hierher gekommen, um mich von Ihnen vernaschen zu lassen, gefesselt an alte Balken, nachdem ihr Hund mich bereits geküsst und ihre Haushälterin mich gequält hat." Sie klang heiser und ihre Stimme zitterte.

Er nickte verständnisvoll, dann hob er die Hand. „Es tut mir leid, Jess, ich muss jetzt ganz weit weg von Dir bleiben, sonst kann ich für nichts garantieren. Ich bin auch nur ein Mann."

„Ich halte das hier nicht mehr lange aus, Mister Keller. Meine Arme sind schon taub und mein Kreislauf... ich war heute schon einmal bewusstlos, das reicht mir. Machen sie mich los, bitte."

Der alternde Schriftsteller trank sein Glas in einem Zug leer, dann klatschte er in die Hände. „Okay, Jess, auf eigene Gefahr. Ich mache Dich los, aber dann erzählst Du mir den Teil dieser Geschichte, der bis jetzt im Schatten liegt. Deine Idee puscht Dich, das merkt man, an Deiner Stimme, am Geruch, den Dein Körper verströmt und am erhebenden Geschmack Deiner wirklich leckeren, zarten Spalte da unten. Aber es gibt auch etwas, das Dir Angst macht, und das will ich wissen, sobald ich Dich aus Deiner Lage befreit habe. Deal?"

Sie seufzte und nickte. „Deal. Aber erst holen Sie mir einen Sessel und stellen ihn drei Meter weit weg von sich auf, okay?"

„Klar, Jess. Ein vernünftiges Arrangement. Andernfalls würde ich über Dich herfallen und am Ende verspreche ich Dir noch Dinge, die mir morgen früh leid tun. Und das hätte ich gerne anders herum."

Er zwinkerte ihr erneut zu und begann, die Möbel zu verschieben. Dann trat er an das Balkengerüst und löste ihre Fesseln. Sie sank erschöpft in seine Arme und man merkte, dass er diese Nähe kaum ertragen konnte. Aber er beherrschte sich und legte die junge Frau vorsichtig in den Sessel, den er für sie herangeschoben hatte. Ihr seidener Kimono verrutschte und gab den Blick auf den Eingang ins Paradies frei. Die feuchtglänzende Haut zwischen ihren Beinen ließ die Augen des alternden Schriftstellers lange nicht aus ihrem Bann, aber Jessica machte keinerlei Anstalten, sich zu bedecken. Bryndon Keller überwand endlich seine niederen Triebe und ging auf den vereinbarten Sicherheitsabstand.

Jessica erlangte langsam die Kontrolle über ihren Geist und Körper zurück. Sie begann, leise zu sprechen. „Ich habe Louis Vandenberg leider persönlich auf meine Idee angesprochen. Erst ist er ausgeflippt, dann hat er mir durch meinen direkten Vorgesetzten ein Ultimatum zukommen lassen. Ich soll acht Bestseller-Autoren von anderen Verlagen abwerben, dafür habe ich ein halbes Jahr Zeit. Wenn mir das gelingt, werde ich die Ressort-Leiterin dieses Geschäftszweiges."

Er beugte sich vor und hob einen Zeigefinger. „Und wenn nicht, bist Du für alle Zeiten in der Branche erledigt, voila?"

Sie nickte und streckte sich in dem wuchtigen Sessel aus. Ihr war egal, dass ihr Unterleib feucht unter dem viel zu kurzen Seidenmantel hervorlugte. In dieser Nacht würde sich so viel entscheiden, dass jede weitere Körperlichkeit in den Hintergrund trat. Sie setzte sich mit einem Ruck auf. „Und? Was sagen Sie zu unserem Angebot?"

Der alternde Schriftsteller schüttelte den Kopf. „Bisher hast nur Du selbst ein Angebot gemacht, Jess, das aber ziemlich deutlich. Was mir Euer Verlag bieten wird, kann ich bis jetzt nur ahnen. Was ist beispielsweise, wenn mich Bloom & Waterfield nicht aus dem Vertrag entlassen wollen?"

Jessica winkte ab und fuhr mit ihrem Zeigefinger ungeniert zwischen die Beine. „Unsere Anwälte unterstützen Sie kostenlos, Mister Keller. Sollte Ihnen ein finanzieller Schaden entstehen, ersetzen wir Ihnen diesen."

„Gut. Schadenersatz ist nett, aber davon kann man nicht leben."

Sie ließ ihren Finger in der Nässe zwischen ihren Beinen liegen, das fühlte sich beruhigend an und gab ihr Selbstsicherheit. Außerdem begann das Spiel, ihr Spaß zu machen. Auf alles, was jetzt kam, war sie bestens vorbereitet. „Sie bekommen einen Vorschuss, eine Art Überbrückungshilfe. Sind achtzigtausend Pfund okay?"

Er konnte ein Grunzen nicht unterdrücken. Sie lächelte und presste ihren Finger tiefer in ihren Schritt.

„Was ist mit meinen alten Werken?"

„Werden selbstverständlich übernommen, überarbeitet und neu herausgebracht. Mit entsprechender Werbebegleitung. Vergessen sie nicht: Wir brauchen ihren Namen!"

Sie musste sich beherrschen, um keinen verräterischen Laut von sich zu geben. Er lümmelte sich tiefer in seinen Sessel und konnte die Details ihres Fingerspiels nicht erkennen. Sie dagegen brannte innerlich und ihr Finger hörte nicht mehr auf, über diese bestimmte Stelle zu kreisen. Ein herrliches Gefühl.

„Ich habe einige neue, unveröffentlichte Sachen, die liegen in meiner Schublade. Bloom & Waterfield wollten die nicht veröffentlichen, da ist auch Erotik dabei."

Sie keuchte leise und hielt ihren Finger still. Ein übles Gefühl, aber anregend. „Wird... Wird gerne von uns gekauft, Mister Keller. Sehr, sehr gerne." Sie musste aufhören zu reden, unbedingt. Ihr Finger begann wieder, zu rotieren. Sie ließ sich weiter in den schweren Sessel sinken.

„Was zum Teufel machst Du da, Jess?" Er stand vor ihr und sie fuhr hoch. Er deutete mit dem Zeigefinger auf das Zentrum zwischen ihren Beinen. „Das ist nicht fair, schau Dir das bloß mal an! Wer soll denn bei diesem Anblick einen klaren Verstand behalten? Du machst es Dir selbst, während wir über einen Verlagswechsel verhandeln und verlangst von mir, dass ich die Finger oder andere Körperteile von Dir lasse? Das geht so nicht, Jess. Es tut mir leid, aber ich muss Dich wieder an die Balken binden."

Sie schüttelte den Kopf, aber er hatte sie bereits vom Sessel hochgezogen, einen Strick um ihre Handgelenke gewickelt und diesen an eine der Schlaufen befestigt, an denen sie vor kurzer Zeit noch gehangen hatte. Zu allem Überfluss riss er kurz und heftig an dem herabhängenden Seidengürtel und sie stand fast nackt vor ihm. Er ging zurück zu seinem Sessel und ließ sich darauf nieder. Sie fluchte leise. „Machen sie mich wieder los, Mister Keller. Vergewaltigung ist eine Straftat."

Er nickte. „Ja, aber man nennt es nur Vergewaltigung, wenn es gegen das Einverständnis einer Person geschieht. Du wirst mir heute Nacht noch Dein Einverständnis geben. Schriftlich."

Sie spuckte aus. „Nie."

Er lachte und schenkte sich einen weiteren Whisky ein. „Also, wie sieht der Deal bis jetzt aus? Ich fasse zusammen: Ich kündige meinen Vertrag mit Bloom & Waterfield und komme zu Euch. Ihr unterstützt mich dabei. Ihr bekommt meine alten und neuen Geschichten, verlegt und veröffentlich sie mit angemessener Werbebegleitung. Ab und zu schreibe ich ein paar erotische Werke für Euch und ihr zahlt mir einen üppigen Vorschuss. In etwa so richtig?"

Sie nickte widerwillig. „Ja, verdammt. Und jetzt machen sie mich wieder los."

Er klatschte in die Hände. „Warum sollte ich das tun? Was habe ICH davon?"

Sie sog die Luft durch die Nase ein. „Wegen des Geldes?"

Er lachte. „Jess, mal ganz ehrlich: Wenn ich Dir jetzt eine erquickliche Summe anböte, würdest Du mir dann erlauben, meinen Schwanz in Dich zu stecken?"

Sie schüttelte den Kopf. „Nie. Soviel Geld gibt es gar nicht."

„Na, und warum soll ich dann zu Piper-Unicorn kommen? Soviel Geld gibt es nämlich auch nicht."

Jessica wand sich an ihrem Pranger, ihr war egal, dass er so ziemlich alles von ihr sehen konnte. Sie klang fassungslos. „Was? Sie brauchen das verdammte Geld doch. Sehen Sie sich ihr Haus an, das benötigt dringend eine Renovierung.

Dann ihre Nutten, die wollen auch finanziert sein. Sie können gar nicht ablehnen!"

„Das mag so aussehen, liebste Jess. Aber es ist nicht so. Ich betreibe längst einen Blog unter einem Pseudonym und verdiene damit ganz gut. Ich bin nicht der ausgebrannte, abgehalfterte Schriftsteller, der ihr euch wünschen würdet. Mir geht es gut, auch ohne euch. Und mir scheint fast, ihr braucht mich dringender als ich euch. Besser gesagt: DU brauchst mich dringender, als ich diesen Verlagswechsel. Nun mach mir mal ein Angebot, das ich nicht ablehnen kann."

Sie schwieg. Dann dachte sie nach, überlegte hin und her. Er trank seinen Whisky. Endlich stampfte sie mit dem Fuß auf. Der offene Kimono flatterte um ihren nackten Körper. „Verdammt." Sie spuckte das Wort förmlich aus und grübelte weiter. Als sie sprach, hatte sie einen Kloß im Hals. „Was könnte ich Ihnen schon anbieten?"

„Denk nach, vielleicht fällt Dir was ein. Verlagsarbeit ist Vertrauenssache. Es braucht viel Vertrauen, eine große Nähe. Betreuung ist das Stichwort."

Sie wand sich an dem dicken, schwarzen Balken. „Ich denke, sie finden mich nicht hübsch?"

Er schüttelte den Kopf und nahm einen herzhaften Schluck Whisky. „Das tut nichts zur Sache. Es geht um ein Angebot, nicht mehr und nicht weniger. Immerhin könnte ich ja auch ablehnen."

„Das ist nicht ihr Ernst! Wenn ich mich anbieten würde, nur mal angenommen: Sie würden mich ablehnen?"

Empörung schwang in ihrer Stimme mit, aber er blieb gelassen. „Klar. Was soll ich mit Dir für eine Nacht? Da müsste schon mehr kommen. Deutlich mehr."

„Deutlich mehr? Was zum Teufel stellen Sie sich vor?"

Er grinste. „Jetzt, liebste Jess, bist Du auf dem richtigen Weg. Statt zu recherchieren und alles als gegeben hinzunehmen, frag Dein Gegenüber. Versuche herauszufinden, was der Andere will, wonach ihm der Sinn steht. Ermittle die

Bedürfnisse, die Wünsche und die wahren Nöte Deines Verhandlungspartners, dann kannst Du erfolgreich bieten. Alles andere ist Gestochere im Nebel. Mach es einfach so, wie ich es gemacht habe." Er zwinkerte.

Sie schnaubte vor Wut. „Sie haben mich ausgetrickst, ganz mies. Mich erzählen lassen, bis Sie wussten, dass ich ihre Hilfe brauche. Ihre Spielchen gespielt, mich ausgezählt, mich an die Wand gedrückt..."

„Jess, Du wirst gerade wieder unkonstruktiv. Beherrsch Dich und folge meinem Rat. Ich werde zu Dir genau so ehrlich sein wie Du zu mir."

Sie schwieg. Dann stampfte sie wieder mit dem Fuß auf, gefolgt von einem Tränenausbruch. Anschließend schrie sie, tobte und riss an den Handfesseln herum. Er trank seinen Whiskey und lächelte. Er war ein alter Mann, sicher, und nicht mehr der Attraktivste, aber er konnte sich sehen lassen. Und er war schlau. Schlauer als sie. Endlich holte sie geräuschvoll Luft. Es dauerte dennoch eine Weile, bis sie sprach. Ihre Stimme war leise, dünn, zitternd. „Was... wie... welchen Wunsch könnte ich Ihnen erfüllen, Mister Keller?"

Er richtete sich auf. „Oh, noch wach, Jess? Ja, wenn Du so fragst... Ich würde mich über eine regelmäßige Betreuung durch die Cheflektorin freuen. Sagen wir, einen monatlichen Besuch über ein Wochenende, zwei oder drei Tage. Das jeweilige Programm sollte wahlfrei sein, aber ich habe schon bestimmte Ideen. Darin spielen Seile und auch meine findige Haushälterin eine Rolle. Ein bisschen SM, würde ich sagen, Spiele mit Ohnmacht und Unterwerfung. Ach, ein ganz alter Traum von mir ist eine devote Frau, die unter meinem Schreibtisch sitzt und mich oral verwöhnt, während ich eine kleine, versaute Geschichte schreibe. Na, und es sollte jemand sein, mit dem man nicht jedes Mal neu verhandeln muss. Jemand, der sich an einmal getroffene Vereinbarungen hält."

Jessica nickte wie zu sich selbst. Dann verfiel sie erneut ins Grübeln. Nach einer Weile ergriff Bryndon Keller wieder das Wort. „Ach ja, unter diesen Bedingungen würde ich zwei alte Freunde kontaktieren, die Deiner wirklich hervorragenden Idee ebenfalls aufgeschlossen gegenüber stehen könnten. Ashley Vickers und Vince Chambers: Gute Namen, vielleicht nicht gerade die Mega-

Bestseller-Autoren, aber Männer vom Fach, die auch ihr Handwerk beherrschen. Um die auf Deine Seite zu bekommen, solltest Du ihre Vorlieben kennen – und ich könnte sie Dir verraten." Er zwinkerte ihr zu. „Nun, wie findest Du das?"

Sie blickte zur Decke hinauf und seufzte. Endlich drehte sich zu ihm um und sah ihn lange an. „Sie sind ein Teufel, aber ich denke, ich brauche Ihre Hilfe. Okay, ich mache den Deal. Ihre Bedingungen sollen erfüllt werden: Über das Vertragliche hinaus werde ich Ihnen in besprochener Weise einmal im Monat für zwei Tage und Nächte zur Verfügung stehen, sobald ich Ressortleiterin bin. Dabei werden weder Sie noch jemand anderes mir bleibende Schäden oder Verletzungen zufügen. Meine Körperöffnung füllen nur Sie aus, über eine weitere Frau können wir gerne reden, Ihre Haushälterin bleibt aber außen vor. Das ist mein Angebot."

Er lächelte und erhob sich aus seinem Sessel. „Einverstanden." Er trat näher und schob eine Hand zwischen ihre Beine. Sie erschauerte. Dann küsste er sie. „Du bist wirklich hübsch, Jess, wenn man Dich so gesehen hat wie ich gerade eben. Morgen früh bei Sonnenaufgang werde ich den Vertrag unterschreiben. Bis dahin darfst Du mir beweisen, dass Du es ernst meinst und zu Deinem Wort stehst."

Sie schob die unangenehmen Gedanken an ihren Chef beiseite und nickte. Sie würde sich diesem alternden Schriftsteller mit Wonne und voller Elan die ganze Nacht hingeben, denn er war der erste und wichtigste Schritt auf ihrem Weg nach oben. Und er konnte ganz gut verhandeln.

~

Schachmatt

Bin einigermaßen blau und sitze seit Stunden mit diesem Barmann beim Schach – der Kerl streichelt seine Dame, als würde ihn das retten. Ich hab ihn eingekreist, spielerisch und tödlich – katzengleich, möchte ich fast sagen. Er ist in wenigen Augenblicken erneut schachmatt. Die Zuschauer sind verwirrt, so kennen sie ihren Helden nicht: Dass er von einem fremden Trinker am Nasenring – ach was: Am Halsband – durch die Manege geführt wird, regelrecht vorgeführt wird und bereits das fünfte Spiel in Folge verliert.

Ich schließe die Augen und bemühe mich, in Gedanken eine Liste meiner Gewinne zu verfassen, eine Art Bilanz zu ziehen: Nummer Eins hat mir den dreißigjährigen Lagavulin verschafft. Ich stiere auf die Flasche, die hier im Verkauf gut und gerne Fünfhundert gebracht hätte und nun allein mir gehört – sie ist noch halb voll. Gut.

Im zweiten Spiel ging es bereits um das Kleid: ein ‚kleines Schwarzes‘, allerdings aus Lackleder. Schätze, Größe 36. Er hatte nicht damit herausrücken wollen, für wen dieser Antörner gedacht war, also haben wir das im dritten Match geklärt.

Seine Freundin. Natascha, oder so ähnlich. 26. Ich hab ihn nach Einzelheiten gefragt, Maße, Aussehen und so. Oh, er hat erzählen müssen und gelitten. Schwitzend, wütend, kurz davor, auf mich los zu gehen, als ich all die peinlichen Details wissen wollte, die zwischen den beiden so laufen, aber seine vielen Fans wären enttäuscht gewesen von ihrem Helden, also hat er am Ende zehn große Scheine auf den Tisch gelegt und mich erneut gefordert. Alles oder Nichts. Flasche und Lacklederfummel gegen Diskretion und Geld.

Doch er hat auch den vierten Gang verloren, recht schnell sogar. Dann habe ich ihn zappeln lassen. Hab das kalte Stück Kleidchen und den Whiskey unter den Arm geklemmt, grinsend in die Runde genickt, mich verabschiedet. An der Tür hat er mich eingeholt, auf mich eingeredet, mich angefleht. Ich weiß nicht, wieso ich ihm eine letzte Chance gegeben hab. Hab ihn gefragt, was er noch zu bieten hätte – da ist er zusammengesackt. Ich kenne dieses Irrlichtern in den Augen: Wenn sie verzweifelt sind, aber gierig genug, Dummheiten zu machen, große Dummheiten. „Natascha..." eine Stimme hatte rau und elend geklungen.

Ich hab die Schultern gezuckt. „Kenn ich nicht. Was soll ich mit ihr?"

Er hat mir ein paar Fotos von ihr gezeigt, geht heute ja überall, jederzeit, Smartphone-Welt. Ich hab's mir nicht anmerken lassen, aber die Kleine gefiel mir. Hübsches Gestell, ein bisschen ordinär, doch bevor das Kopfkino anspringen konnte hab ich den Deal mit ihm geschlossen. Fünftes Spiel, um Alles. Gewinnt er, kriegt er zurück, was er bisher an mich verloren hat. Im anderen Fall... nun, dann ist seine Kleine fällig, gehört mir und Mister Lagavulin für eine Nacht in diesem Lackbody, dafür wird er sorgen.

Und jetzt streichelt er seine Dame verzweifelt. Es ist egal, wohin er sie setzt: Er ist schachmatt.

~

á cinq

Ich stieg die alte Steintreppe hinauf, bis in den fünften Stock. An der Tür mit der römischen III klingelte ich. Lucien öffnete. „Ah, Bonjour Wagner! Schön, dass Du so früh da bist. Ich muss noch unter die Dusche."

Ich erwiderte den Gruß meines alten Bekannten, dann trat ich ein. „Worum geht es, Lucien? Du hast nicht viel rausgelassen, gestern am Telefon."

Er streifte sein T-Shirt ab und warf es in den Wäschebehälter. Ich war hier vor vielen Wochen schon mal gewesen, bei einer Party. Ich kannte die Wohnung. Lucien zwinkerte mir zu. „Lass Dich überraschen. Offenbar haben wir eine gemeinsame Bekannte. Sie bat mich, Dich einzuladen für heute Abend. Ich gehe jetzt ins Bad, okay? Wenn es klingelt, mach auf. Du kennst Dich ja aus."

Ich nickte und legte meine Jacke ab. Dann ging ich in die Küche und suchte nach etwas Trinkbarem. Er hatte nur Dosenbier im Kühlschrank, also bewegte ich mich ins Wohnzimmer. Hier stand der Weinkühler, wie damals bei dieser Studenten-Fete, ich glaube, ich habe da mit einer Margaux rumgemacht, klein, blond und äußerst willig. Schade nur, dass sie am selben Abend zwei weitere Kerle beglückt und mich allzu schnell vergessen hatte.

Ich suchte mir einen Beaujolais heraus, entkorkte ihn und goss mir ein Glas ein. Dann sah ich mich um. Das Bücherregal hatte Lucien umgestellt und vergrößert, aber das alte, mächtige Ledersofa dominierte nach wie vor das Wohnzimmer. Zwei Sessel waren dazu gekommen, ebenfalls schwere Möbel, der ganze Raum wirkte wie ein Herrenzimmer, obwohl mein Bekannter gerade mal 28 Jahre alt war.

Ein Klingeln an der Haustür riss mich aus meinen Gedanken. Ich beeilte mich, den Wein abzustellen und nach vorn zu laufen. Ich öffnete die Tür und sah, wie eine aufreizend gekleidete, offensichtlich junge Frau mit einem Koffer in der Hand die steinernen Treppenstufen heraufkam. Sie trug ein strahlend weißes Lacklederkleid, das ihr bis zur Mitte der Oberschenkel reichte. Ihre langen, schlanken Beine steckten in hohen Stiefeln aus demselben Material und ihr schwarzer Haarzopf wippte bei jedem Schritt, den sie näher kam.

Ich hielt die Luft an, als ich sie erkannte. Als sie direkt vor mir stand, stellte sie den Koffer ab, richtete sich auf und schob ihre dunkle Sonnenbrille auf die Stirn. Ich konnte nur stammeln. „Ines?"

Sie nickte lächelnd. „Bonjour, Wagner. Schön, dass Du Zeit gefunden hast. Gehen wir hinein?" Sie deutete mit dem Kinn auf die offene Wohnungstür hinter mir, schob sich an mir vorbei und verschwand im dunklen Korridor. Ich beeilte mich, den Koffer aufzuheben und ihr zu folgen. Ines, mein dreimaliger One-Night-Stand, meine Beinahe-Affäre. Wieso besuchte sie Lucien und wieso hatte sie mich für heute hierher bestellt?

Als ich im Wohnzimmer ankam, hatte sie es sich auf dem Ledersofa bequem gemacht. Ich stellte den Koffer ab, holte einen Weinschwenker aus dem Regal und schenkte ihr einen Beaujolais ein – ich wusste ja, dass sie ihn mochte. Dann nahm ich mein Glas und ließ mich in einen der Sessel fallen. „Was machst Du hier? Ich meine: Woher kennst Du Lucien?"

Sie trank einen Schluck, ganz auf ihre Art: Die vollen Lippen gespitzt, schlürfend, fast mit der Zunge ertastend, genau auf die Art, wie sie mit meiner Eichel gespielt hatte und ich spürte, dass ich steif wurde. Sie grinste. „Mit Lucien hab ich einige tolle Nächte verbracht, Wagner. Ich hoffe, Du bist nicht eifersüchtig?"

Ich schüttelte den Kopf, ein wenig zu schnell vielleicht, doch dann beeilte ich mich mit der Antwort. „Keinesfalls. Ja, und warum dieses Treffen heute?"

Sie deutete auf den Koffer, den ich achtlos neben der Wohnzimmertür abgestellt hatte. „Ich möchte heute was ausprobieren. Aber gedulde Dich noch. Wo ist Lucien?"

„Unter der Dusche. Sollte ich vielleicht auch …?" Ich sah sie fragend an und sie lachte hell auf. Dann erhob sie sich, legte ihr Lackleder-Mäntelchen ab und hob beide Arme, als sei sie auf einer Modenschau. Oder einer Dessous-Show, verbesserte ich mich in Gedanken: Jetzt trug sie nichts weiter als edle French-

Knickers aus weißer Spitze und ein dazu passendes Bustier. Die Lackstiefel harmonierten bestens mit der sinnlichen Wäsche und der beinahe olivfarbene Teint ihrer Haut bildete einen anregenden Kontrast dazu. Und weiß Gott: Ich hatte bereits mehrmals jeden Zentimeter dieser Göttin schmecken und fühlen dürfen!

„Vielleicht solltest Du auch duschen, Wagner. Vielleicht vorher, vielleicht nachher, mal sehen." Erneut zwinkerte sie, dann ließ sie sich wieder auf dem Sofa nieder und trank einen Schluck Rotwein. Ich musste husten und wollte etwas sagen, als erneut die Klingel schellte.

Hastig erhob ich mich und schlenderte zur Wohnungstür. Ich öffnete und ein junger, recht kräftiger Typ in Jeans und Lederjacke stand vor mir. „Hi, hier wohnt doch Lucien? Und heute soll dieses Treffen sein, oder? Ich bin Marco. Darf ich reinkommen?"

Ich sah mich hilfesuchend um, dann war der Kerl auch schon drin, ging schnellen Schrittes gleich durch bis ins Wohnzimmer, wo er Ines lautstark begrüßte – er schien sie also ebenfalls zu kennen. Bevor ich die Tür schließen konnte, näherten sich von unten erneut Schritte.

Ein älterer Mann, ich schätzte ihn auf Mitte Vierzig, kam die Treppe herauf. Er hielt einen Zettel in der Hand, kniff die Augen zusammen und lächelte mich dann schüchtern an. „Hallo, ich bin Enrico. Hier ist doch Nummer Drei? Hier soll das Treffen mit Ines sein. Bin ich da richtig?"

Er sprach mit einem unverkennbaren spanischen Akzent und wirkte fast zaghaft. Was sollte ich tun? Ich ließ ihn herein und geleitete ihn ins Wohnzimmer, wo sich Marco neben Ines aufs Sofa gesetzt hatte und seine Finger ungeniert über ihre unbedeckten Hautpartien gleiten ließ. Für Enrico und mich blieben die Sessel. Endlich tauchte Lucien auf, die Haare pudelnass, ein Handtuch um die Hüften und barfuß. „Olla Enrico, und Bonjour, bist Du Marco oder Jean-Paul?"

Der Neue mit der Lederjacke erhob sich, und gab Lucien die Hand. „Ich bin Marco. Kommt denn noch jemand?"

Bevor Lucien antworten konnte, stand Ines auf und tat einige sehenswerte Schritte auf den hohen Absätzen ihrer Lacklederstiefel in die Mitte des Wohnzimmers. Dort hob sie beide Arme über den Kopf, drehte sich langsam um ihre eigene Achse, stemmte dann die Hände in ihre Hüften und sah einen nach dem anderen von uns an, lächelnd, aber intensiv. Sie hob ihr Kinn, entfernte das Gummi, das ihr langes, schwarzes Haar zu einem Zopf zusammengehalten hatte und schüttelte ihre Mähne mehrmals kräftig durch. Ihre Augen verengten sich zu schmalen Schlitzen. Ihre Stimme klang rauchig. „Ja, es kommt noch jemand. Heute ist nämlich ein besonderer Tag!"

Ich sah mich um und musste erkennen, dass es den anderen genauso ging wie mir: Wir waren im Bann dieser einmaligen Frau! Jeder von uns hielt die Luft an und starrte ... ja, auf ihre Brüste, ganz bestimmt. Auf ihre langen, schlanken Beine und auf die Stelle, wo sie sich trafen, auf dieses geheime, jetzt unsichtbare, aber erahnbare Dreieck, auf diese innige, tiefe, wohlschmeckende Spalte dort zwischen ihren Schenkeln, wo die Träume jedes Mannes wahr werden können.

Wieder riss mich das grelle Scheppern der Klingel aus meinen Gedanken, aber diesmal war Ines schneller und lange vor mir an der Tür. Ich hörte ihr „Salü, Jean-Paul, komm herein, mein Lieber" und dann schob sich eine Art Bodybuilder schnaufend durch Luciens Wohnungsflur, so dass ich ins Wohnzimmer zurückwich und wieder meinen angestammten Platz auf dem Sessel einnahm. Ich war gespannt, was jetzt kommen würde.

Der massige Kerl trat ein und nickte uns allen kurz zu, dann trat er zur Seite und machte Ines Platz, die erneut wie eine professionelle Stripperin ins Wohnzimmer tänzelte und alle Blicke auf sich zog. Tatsächlich erklang kurz darauf Musik – Lucien hatte eine offenbar vorbereitete CD eingelegt – und Ines entledigte sich vor unseren Augen höchst kunstvoll all ihrer verbliebenen Kleidungsstücke, Stiefel inklusive.

Als sie endlich nackt vor uns stand, ließ sie sich vom Bodybuilder den Koffer zuschieben, kniete davor nieder, klappte ihn auf und erhob sich wieder. Hoch aufgerichtet, den Kopf in den Nacken geworfen, die Brüste keck nach vorn gestreckt hob sie ihre rechte Hand und deutete auf jeden von uns.

„Heute ist ein besonderer Tag, wie ich schon sagte. Heute werde ich Fünfund-zwanzig und ich wünsche mir zu meinem Geburtstag – Euch! Euch alle auf ein-mal und dazu das ganze Spielzeug hier!"

Das anschließende Schweigen in dem großen Raum, das nur von einem unbe-herrschtem „Uhh" durchbrochen wurde – ich nehme an, das war Lucien gewe-sen oder Enrico, der Spanier – hatte schon etwas Heiliges. Da stand vor uns die Göttin der Liebe und forderte ihr Geburtstagsgeschenk. Ich wagte einen vor-sichtigen Blick in die Runde, konnte aber neben der Geilheit nur Unglauben in den Gesichtern der anderen vier Männer wahrnehmen. Endlich ließ sich Ines auf die Knie nieder, spreizte ihre Beine weit, sehr weit – ja sie war durchaus gelenkig, wie ich früher schon erfahren hatte – und fuhr mit ihrer Linken spie-lerisch in den Spalt, der sich sichtbar öffnete. Ihre Stimme sank um einige Ok-taven tiefer.

„Wie sieht es aus, Männer? Jeder von Euch hat mich mindestens einmal allein gevögelt, würdet ihr mir jetzt den Gefallen tun, es mir gemeinsam zu besorgen? Die ganze Nacht lang?"

Sie zwinkerte jedem von uns zu und alle setzten sich gleichzeitig in Bewegung. Was danach geschah, ist viele, viele Seiten anregender Beschreibungen wert, vor allem der kreative und variantenreiche Einsatz der Spielzeuge aus dem Koffer, aber ebenso die Kombinationsmöglichkeiten von fünf Schwänzen, drei Kör-peröffnungen einer Frau und deren beider Hände. Für uns aber – die dabei sein durften – braucht es diese Beschreibungen nicht. Wir haben unsere Erinnerun-gen, a cinq.

~

Nightwatch – The Raven

Wenn es einem dreckig geht, ist die Welt um einen herum schwarz, schwärzer und trüb. Wie gestern Abend, spät am Abend – vielleicht würde die repräsentative Mehrheit auch von ‚nachts' sprechen. Schwarz und dunkel, so wie das affige Kostüm, in das sich der verlebte Endvierziger gezwängt hatte, wohl in dem Wahn, noch einmal jung sein zu dürfen, noch einmal von vorn beginnen und alle vermeintlichen Fehler der Vergangenheit auf einen Schlag korrigieren zu können.

‚Aufgedonnert', das ging mir sofort durch den Kopf, als ich in Sichtweite der skurrilen, aber leider immer häufiger beobachtbaren Paarung Platz nahm, an einem dieser Einsamkeitshocker, dieser hohen Bistrotische mit unbequemen Stühlen, auf denen die eigenen Füße den Boden nicht erreichen und die man meist allein nur für einen schnellen Drink in Beschlag nimmt, weil sonst nichts frei ist.

Aufgedonnert waren alle beide, er auf seine Weise, sie billig, aber wirkungsvoll. Sie – die kleine, rothaarige Schnepfe – hat einfach viel Haut gezeigt. Er dagegen war sich wohl nicht bewusst, was für eine armselige Witzfigur er aus sich gemacht hat mit dem Stehkragen, dem offenen Zuhälterhemd und vor allem der völlig anachronistischen Kopfbedeckung.

Ich wollte einen schweren Roten zu mir nehmen, so als Einschlafhelfer, in letzter Zeit brauche ich das. Der Tag war lang und beschissen gewesen, es war längst nicht alles so gelaufen, wie ich es mir gewünscht hätte, aber am Ende – kurz vor meinem Abschied in die Welt der Träume – noch mit so viel menschlicher Jämmerlichkeit konfrontiert zu werden, tat mir mehr weh als all die Niederlagen meiner eigenen Vergangenheit.

Eigentlich stellte er etwas dar, zumindest optisch, auf den ersten Blick. Er schien ein gestandener Mann gewesen zu sein, bevor er in die Fänge dieser mürrischen Kindfrau geraten ist, bevor er sich zum Affen gemacht hat. Ich beobachtete die beiden drei Halbliter lang, mehr als eine Stunde: Seine hilflosen

Versuche, auf sie einzureden, sie von irgendetwas zu überzeugen, sie zu bitten um wer weiß was und ihre lässige, stereotype, aber wirksame Reaktion – ungerührt, abtropfend, ein rothaariger Lotus, an dem jeder Mann verzweifeln muss.

Der Anblick hat sich fest in mein Gedächtnis gebrannt, der Anblick eines bettelnden, jammernden Mannes, der nichts Männliches mehr an sich hat sondern nur noch bemüht ist, seine viel zu junge Affäre bei Laune zu halten. Mir könnte die Galle hochkommen bei dem schnippischen, abweisenden Gebaren des jungen Luders, das genau weiß, wie sehr sie den alten Kerl an der Angel hat. Mag sie erst zweiundzwanzig sein oder noch jünger – ihr hagerer Körper lässt keine exakte Schätzung zu – doch sie weiß bereits genau, wie man das Spiel spielt, wie man aus Männern Affen macht oder sogar Hündchen.

Wer weiß, vielleicht hat er eine gute Frau zuhause und Kinder, doch jetzt ist er dem blassen Nymphchen verfallen, erniedrigt sich alle Augenblicke, fleht, geht in die Knie, verspricht ihr alles, gibt sich selbst auf und bekommt nicht mehr als ihre gut inszenierte Ignoranz.

Klar, sie ist jung, riecht und schmeckt bestimmt gut und bewegt sich sicher gekonnt in gewissen Situationen. Sie gibt diesem ausgebrannten Menschen das Gefühl, etwas Besonderes zu sein, mit größter Wahrscheinlichkeit hat sie ihn bereits mehrfach zwischen ihre dürren, weißen Schenkel gelassen, so dass er genau weiß, was ihm entgehen würde, wenn sie sich plötzlich entscheidet, nicht mehr mitzuspielen – wie es momentan ja den Anschein hat. Die Angst davor strömt ihm aus den Poren, lässt seine Mundwinkel durchsacken, beugt seine Schultern und zwingt ihn in diese kriecherische Haltung: Er wird dem jungen Ding alles versprechen, Haus, Hof, Geld, Aufmerksamkeit und was sich solche Mädchen noch so wünschen. Und am Ende wird es ihm nichts nützen.

Ich trinke aus, lege einen viel zu großen Schein auf den Einsamkeitstisch, ich kann die ganze Szenerie nicht länger ertragen. Zu allem Überfluss hat sich das durchtriebene Luder soeben eine Zigarette angezündet, direkt am Tresen. Das traurige Stück Mann an ihrer Seite wird dafür gerade stehen müssen, sie vielleicht sogar verteidigen, nur, um sie nicht ausgerechnet heute, nicht gleich jetzt zu verlieren.

Es sieht also nach Ärger aus und so verziehe ich mich lieber. Und werde versuchen, dieses fleischgewordene Bild des Elends aus dem Kopf zu kriegen, bevor es in meine Träume kriecht und eine unheilige Sehnsucht weckt...

Nightwatch – The Owl

Hurra auf das Leben, singe ich innerlich und schiebe mich durch die Willkommenstür meiner Stammkneipe – ach, was heißt da ‚Kneipe‘? Ein Edelbistro ist es, immer bevölkert von illustrem Publikum und so wähle ich einen entspannten Roten, setze mich an meinen Stammplatz, von dem ich vor allem das linke Ende der Bar gut im Auge habe.

Und habe Glück: Ein besonderes Pärchen turtelt ungeniert direkt vor meinen Augen, intensiv, erregend, inspirierend.

Er: ein Typ, ein echter Kerl, wohl an die Mitte Vierzig, mit kantigen Gesichtszügen, souverän und durchaus geschmackvoll gekleidet. Mal was anderes, denke ich mir: Dieser fesche, old-school-mäßige Hut, das laszive Hemd, ganz anders, als es uns das gleichmacherische Modediktat aufzwängen will, darüber ein unübersehbarer Mut zu Schwarz, ein Man-in-Black, vielleicht ein Witwer, der das Leben doch noch nicht aufgegeben hat.

Sie: Jung, ein wenig verschämt, aber dafür um so aufregender, sie geizt nicht mit ihren Reizen, setzt sich gekonnt in Szene, bleibt aber eher still im Hintergrund und gibt die Brave, lässt sich umgarnen und erlaubt ihrem Galan, sich ihr stilvoll zu widmen. Sie hat rote Haare, ist ein heller Typ, eine klassische Erscheinung, die sich offensichtlich nur ungern in den Vordergrund drängt.

Und so fährt er seinen Charme runter, raunt mehr als dass er redet, sie reagiert beinahe schüchtern, was sie besonders liebenswert macht. Es herrscht viel Eintracht zwischen den beiden, trotz des offensichtlichen Altersunterschiedes und in Gedanken proste ich ihnen zu. Er bezirzt sie, flüstert ihr Anekdoten ins Ohr, kitzelt sie mit geistreichen Pointen oder vielleicht sogar mit netten

Schamlosigkeiten, ab und zu verdreht sie wie überfordert die Augen oder schließt diese sogar und er ist Gentlemen genug, sie dann nicht weiter zu bedrängen.

Mehr als eine Stunde erfreue ich mich am Spiel der beiden und genieße derweil drei kleine Hälbchen. Es wirkt wie ein Tanz auf mich, sie umkreisen sich, kommen sich immer näher, die Intensität nimmt zu und dann, dann halte ich die Luft an: Der Knoten scheint geplatzt zu sein, die zierliche, hellhäutige Rothaarige zieht eine Filterlose aus einem silbernen Zigarettenetui, führt sie zum Mund wie eine Diva, ihr attraktiver Verehrer gibt ihr formvollendet Feuer und lässt das reich verzierte Zippo mit einer routinierten Handbewegung wieder zuschnappen.

„Das wird Ärger geben" raunt er ihr zu und sie schließt verschämt die Augen, verzieht den Mund ein bisschen trotzig – und man merkt den beiden an, dass sie sich gleich mit Wonne aus diesem Lokal schmeißen lassen werden, denn offenbar haben sie heute Nacht noch etwas Besseres vor.

Ich summe stumm vor mich hin und lege einen extra großen Schein auf meinen exklusiven Beobachtertisch. Ich will sehen, dass ich nach Hause komme und hoffe, dass ich wenigstens das letzte Bild von diesen Beiden in meine Träume retten kann, vielleicht sogar als Inspiraton...

~

Die Siegerin

Ich sehe auf die Uhr: Gleich ist es soweit! Noch sieben Minuten, dann tritt meine Freundin Kimberly bei ‚Hannes Werner Late Night' auf! Als Haupt-Act, als der Stargast!

Dabei ist Kimberly gar kein Star, jedenfalls keiner im üblichen Sinne - sie ist lediglich die letzte Millionen-Gewinnerin von ‚Sexy Roulette', der spätabendlichen Samstagsshow auf Skysat5Plus. ‚Hannes Werner Late Night' läuft ja auch auf Skysat5Plus, ihr Auftritt bei dem bekanntesten aller Talkmaster gehört zur vereinbarten Zweitvermarktung – getreu dem Motto: Asche machen, so lange sich die Öffentlichkeit für irgendein Babe interessiert!

Man stelle sich vor: 3,7 Millionen Euro hat sie abgesahnt! Irgendwie gibt es einen Umrechnungsfaktor, der sich an den Einschaltquoten orientiert, begriffen habe ich das nie, aber bei 3,7 Millionen Euronen ist mir das auch völlig egal. Das ist der höchste bisher realisierte Gewinn bei ‚Sexy Roulette' und der Zweithöchste liegt schon Jahre zurück, als sie noch das alte Spielsystem hatten (Ich gebe zu, damals hat mich die Sendung auch echt nicht interessiert, was man hört, soll sie eher pseudo-erotisch und tödlich langweilig gewesen sein).

Nein, meine Kimberly hat gewissermaßen den höchsten Jackpot geknackt, seit sie die Freizügigkeitsbeschränkungen für TV-Sender aufgehoben haben und ‚Sexy Roulette' nach den neuen Regeln läuft.

Da, es geht los: Der Start-Jingle beginnt und gleich wird Hannes Werner auf die Bühne treten! (Es hat echt etwas Spannendes, Life-Sendungen anzuschauen – und wenn die eigene Freundin Stargast ist, gleich dreimal: Hoffentlich verplappert sie sich nicht oder so, sie ist manchmal wirklich unüberlegt. Aber das hat ihr bei ‚Sexy Roulette' ja ganz gut geholfen.)

Da kommt er, der alte, graue Fuchs – Hannes Werner – der schon so viele Prominente in Nöte gebracht hat durch seine subtilen Fragen und seine Hinterlist, viele meiden die Sendung lieber, aber da kommen sie nicht dran vorbei, wenn sie Publicity haben wollen. Ja, und sie machen keine Aufzeichnungen mehr, das

TV-on-Demand-verwöhnte Publikum will Ereignisse in Echtzeit miterleben, ohne Netz und doppelten Boden.

Er lässt sich beklatschen und bejubeln, der Vater aller Talkshows, bevor er wie gewohnt während seiner Anmoderation noch einige Spitzen zum aktuellen Tagesgeschehen abschießt. Doch gleich müsste er Kimberly ansagen, dann tritt sie erneut im TV auf, ich gespannt, wie sie sie zurecht gemacht haben und wie sie mit dem alten Bärbeiß klarkommt.

Da! Jetzt sagt er sie an: (Ich drehe den Ton lauter) „Und nun, verehrtes Publikum, ihr Gaffer und Schauer hier im Saal und ihr Life-Junkies da draußen an euren Monitoren: Ich freue mich auf meinen heutigen Hauptgast wie ein kleines Kind!"

(zwischendurch Jubel und Applaus, dann senkt er die Stimme und Ruhe kehrt ein) „Ihr alle kennt sie, obwohl es kaum jemand zugeben würde, vor allem nicht den eigenen Kindern oder Eltern, auch nicht Nachbarn, nicht den Kollegen und schon gar nicht dem Chef gegenüber..."

(er macht eine Pause, sieht sich im Saal um, Stille, man könnte eine Nadel fallen hören) „... obwohl die meisten von Euch sie gesehen haben müssen, bei den traumhaften Einschaltquoten, die sie erreicht hat, life und hier auf Sky-Sat5Plus, erst vor wenigen Tagen..."

(jetzt dreht er auf, das macht er wie der Ansager eines Boxkampfes, er hebt die Arme und trompetet es förmlich ins Publikum) „Und hier ist sie, meine Damen und Herren: Kimberly Schwan, die Drei-Komma-Sieben-Millionen-Möse!"

Jetzt brandet frenetischer Jubel auf und Hannes Werner wendet sich um, zum Eingangstor, aus dem die Gäste kommen. Das ist diesmal einer überdimensionalen Vagina nachempfunden worden und nach einem kurzen Moment tritt sie dort heraus, meine Kimberly!

Wow, wie hübsch haben sie sie herausgeputzt! Ich meine, sie ist sowieso eine süße Maus, nach der sich die Männer umdrehen, ohne Frage, aber die bei Sky-Sat5Plus verstehen ihr Geschäft und haben das Beste aus ihr gemacht: Ihre strohblonden Haare sind offenbar aufgehellt worden und leuchten jetzt richtig! Seidig glatt umspielen sie ihren schlanken Hals, wie ein gut gestriegelter Pferdeschweif, und der kurze Pony, der sie so keck aussehen lässt, ist noch einmal nachgeschnitten worden. Sie ist dezent geschminkt, nur ihr Mund hat eine Extraportion Lippenrot abbekommen, ganz dunkel, richtig verrucht.

Ach, und die Kleidung: Slip und BH in Silber, dazwischen nichts, auch die Beine sind nackt, keine Strümpfe oder so was. Und sie geht barfuß – ich fasse es nicht. Hey, dass macht einen ja mehr an als wenn sie High-Heels tragen würde!

Das Publikum tobt beim Applaudieren, sie bereiten ihr einen wirklich herzlichen Empfang, meiner Kimberly. Die trippelt mit übertriebenem Hüftschwung und breit grinsend auf den Moderator zu, macht einen Knicks und wirft eine Kusshand in die Menge. Der Jubel will gar nicht mehr aufhören. Hannes Werner bietet ihr den Arm und führt sie zum Fragesessel. Kimberly lässt sich hineingleiten, schlägt die langen, schlanken Beine übereinander und faltet die Hände vor dem Bauch (das hatten wir intensiv geübt, weil es sittsamer aussieht als so, wie sie normalerweise sitzt).

Hannes Werner grinst und stiert sie an, kein Wunder, er ist ja auch nur ein Mann aus Fleisch und Blut und meine Kimberly sieht einfach lecker aus, da passt alles. Bauch, Beine, Po, ein Gesamtkunstwerk und ganz so, wie es sein soll. Und ihre Brüste – meine Herren, die sind wie aus dem Katalog. Ich bin sicher, dass dieser Hannes Werner die später ohne BH sehen will.

Aber jetzt beruhigt sich das Publikum und er führt das Mikro näher an seinen Mund. Ich drehe noch ein bisschen lauter. „Frau Schwan, schön dass sie es so bald in meine Sendung geschafft haben…"

Sie unterbricht ihn mit einem leichten Winken der rechten Hand. „Sie können Kimberly sagen, Herr Werner. Frau Schwan klingt so offiziell."

Sie grinst, guckt in die Runde und genießt den kurzen Applaus. Der Moderator beugt sich vor, lächelnd, die Augen wie gebannt auf ihre nur knapp verdeckten Brüste geheftet. „Kimberly, schön! Sagen Sie, Kimberly, mit welcher Strategie sind sie bei ‚Sexy Roulette' ins Rennen gegangen? Immerhin gab es ja am Anfang noch drei Konkurrentinnen, die auch einiges zu bieten hatten..."

Sie richtet sich auf und hebt die Schultern. „Eigentlich hatte ich gar keine echte Strategie, Herr Werner."

Jetzt herrscht Stille im Saal. Das Publikum ist mucksmäuschenstill. Kimberlys Stimme klingt ein wenig nasal und quäkig, deshalb glauben manche Leute schnell, dass sie ein bisschen doof ist. Ich drehe wieder leiser, denn jetzt redet ja sie, meine Dreikommasieben-Millionen-Maus, und sie hat eine so schrille Stimme, dass einem manchmal die Ohren dröhnen, vor allem, wenn sie mich zum dritten Mal rufen muss. „Ich wusste ja, dass ich beim ersten Spiel die höchsten Votings brauche, also die meisten männlichen Zuschauer aus der Internet-Jury für mich gewinnen muss. Also..."

Hannes Werner fällt ihr ins Wort. „Genau so ist die Regel, liebste Kimberly. Und da haben ja schon ganz viele Kandidatinnen einiges versucht, was dann völlig in die Hose ging. Also nur nackich-machen ist keine todsichere Strategie – was hattest Du Dir überlegt?"

Jetzt kichert sie und wird rot. Das ist typisch – an dem Abend, als wir wussten, dass sie als Kandidatin akzeptiert ist und das ausbaldowert haben, war sie total erregt von der Idee gewesen. Jetzt tut sie so, als ob sie sich im Nachhinein dafür schämen würde. „Na ja, ganz ehrlich: Männer haben doch so Fantasien und da gibt es ja auch Forschungen drüber und da hab ich gelesen, dass eine ziemlich große Anzahl von Männern eben genau die Fantasie hat, die ich dann für Spiel Eins gewählt habe, also bei den ‚Zwei Minuten allein mit der Kamera'..."

Der Moderator springt auf und klatscht in die Hände. „Genau! Diese tolle Männerfantasie, und die schauen wir uns jetzt noch einmal an!"

Beide wenden ihren Blick zur großen LCD-Leinwand. Dort wird die Cam-Aufnahme von Kimberly in Spiel Eins abgefahren. Ach, für alle, die ‚Sexy Roulette' nicht kennen: In Spiel Eins dürfen sich alle vier Kandidatinnen zwei Minuten lang vor einer Webcam präsentieren. Eine Internet-Jury aus vierhundert Männern im Alter zwischen Zwanzig und Vierzig wählt dann seine Favoritin, die Dame mit den meisten Stimmen darf ab jetzt allein weitermachen –

beziehungsweise die Spiele Zwei bis Acht mit den sechzehn Toy-Boys durchführen. Das Bild ist nicht sehr scharf und ein wenig verwackelt, das machen sie extra so, damit es authentischer wirkt. Am Anfang liegt meine Kimberly auf dieser rosa Spielwiese, immer noch leicht bekleidet: Schwarze Dessous, halterlose Seidenstrümpfe, Lackleder-High-Heels, also nichts Besonderes.

Dann folgt ein Schnitt, sie ist inzwischen nackt und streckt ihren Allerwertesten in die Cam. Meine Herren, ich kenne den Anblick ja in natura, aber auch mir bleibt jetzt die Luft weg: Diese Frau ist hundert Prozent Sünde. Sie spielt mit ihrem Finger an ihrer Feige, an dem zarten Häutchen, sie weitet sich und man erkennt deutlich, dass sie feucht wird, es glänzt richtig zwischen ihren Schenkeln. Dann dreht sie sich auf den Rücken und spreizt ihre Beine.

Ein Seufzer geht durch den Zuschauerraum. Sie hebt ihre Hüfte, bis ihr süßer Arsch vor der Cam prangt, wandert mit dem Finger von der Muschi hinab, fährt vorsichtig in ihren Hintereingang, hält inne und lässt ein leises Stöhnen hören. Ein, zwei weitere Finger der anderen Hand kommen von unten dazu, sie umschlingt sich förmlich, dringt in sich ein und gewährt fast einen Einblick in ihren Darm. Das Publikum macht ein langgezogenes „Uhhhh" und das Bild friert ein.

Hannes Werner wird wieder eingeblendet, der mit der Hand wedelt und mit spitzen Lippen pfeift. „Donnerwetter, Kimberly, das war mutig, so tiefe Einblicke haben wir beim ‚Sexy Roulette' bisher noch nicht genießen dürfen."

Sie kichert und wird rot – ist das nicht ein Traummädel? Dann hebt sie die Schultern und macht beinahe einen Schmollmund. „Ich dachte, das törnt vielleicht genügend Jury-Mitglieder an, Herr Werner…"

Rasender Applaus folgt und frenetischer Jubel. Hannes Werner muss die Hände heben, damit wieder Ruhe einkehrt. Er lächelt unentwegt und schüttelt den Kopf, deutet auf Kimberly, die einen Finger an die Lippen legt und wirkt, als habe sie etwas falsch gemacht. Füße beginnen zu trampeln und das Gejohle wird ohrenbetäubend. Es dauert eine Weile, bis sich das Publikum im Studio beruhigt. Hannes Werner schüttelt immer wieder den Kopf, grinst dabei aber.

Endlich führt er das Mikrofon an die Lippen und hebt die Stimme. „Ja, meine Damen und Herren, das hat genügend Jury-Mitglieder..."

Der Applaus wird wieder lauter, Pfiffe gellen durch die Sendehalle, selbst hier am TV-Gerät spürt man das Beben der trampelnden Füße, manche Zuschauer erheben sich und klatschen im Stehen. Der beste Moderator der Welt lacht und kann gar nicht mehr aufhören, seinen grauen Kopf zu schütteln, dann nickt er wie zu sich selbst, steht ebenfalls auf und deutet auf meine Dreikommasieben-Millionen-Maus. „Kimberly Schwan, meine Damen und Herren! Kimberly Schwan!"

Als sich das Publikum wieder beruhigt, wartet er einen Moment, bis er mit bedächtiger Stimme fortfährt. „Ja, liebe Zuschauer, unsere Kimberly hier hat tatsächlich genügend Jury-Mitglieder ‚antörnen' können. Nämlich 82%! Das gab es bis jetzt noch nie bei ‚Sexy Roulette' – ein neuer Rekord und einer der Gründe, warum die Gewinnsumme so hoch ausfiel!"

In den wieder aufbrandenden Jubel schalten sie eine Werbung für gefühlsechte Kondome. Mich wundert das alles ja nicht. Obwohl es kaum jemand öffentlich zugeben würde, wünschen sich die meisten Männer Analverkehr. Bei den Frauen weiß ich es nicht so genau, ich glaube die Schlauen machen das eben mit. Kimberly dagegen steht drauf. Sie steht sowieso auf alles, was schmutzig ist. Wir haben uns sieben Mal beworben bei dieser Show und ähnlichen Formaten, aber immer Absagen bekommen.

Dann hat uns unser Freund Eugen einen Fotografen vermittelt, einen Profi, wie er gesagt hat. Der hat ein paar Aufnahmen von Kimberly gemacht, sich dafür von ihr in Naturalien bezahlen lassen und die Fotos an eine befreundete Marketing-Agentur geschickt. Die war unter anderem als Talent-Scout für ‚Sexy Roulette' tätig und hat Kimberly für die nächste Staffel mit den neuen Regeln vorgeschlagen. Der Fotograf kriegt 2 Prozent vom Erlös und drei Nächte mit ihr, die Agentur bekommt 8 Prozent, aber da will keiner Kimberly ficken. Ich finde, das ist insgesamt ein gutes Geschäft.

Oh, die Werbung ist vorüber. Back to Business. Wie man mir gesagt hat, richtet sich das Honorar für diesen Auftritt ebenfalls nach den Einschaltquoten.

Deshalb bin ich so gespannt, wie sich Kimberly in der Show von Hannes Werner macht – ich bin nämlich nicht nur ihr Stecher, sondern auch ihr Manager mit vertraglich gesicherten 25 Prozent. Okay, der Moderator sitzt wieder, ganz leger, breitbeinig und grinst über beide Ohren. Er deutet auf mein Mädchen. „Sagen sie, Kimberly, ist es möglich, dass sie heute Abend noch etwas näher zu mir rücken?"

Dieser alte Lustmolch. Aber ich verstehe ihn. So einen Happen wie meine Kimberly schleppt man nicht jeden Abend ab. Und wenn es gut für die Quoten ist, soll es mir recht sein. Und siehe, das Kind ist klug: Sie erhebt sich aus ihrem großen Sessel, trippelt hinüber zum Showmaster und setzt sich auf seinen Schoß. Wieder johlt das Publikum im Saal, bis Hannes Werner das Mikro dicht an den Mund führt. „Kommen wir in dem spannenden Rennen, dessen Ausgang die meisten hier kennen werden, zu Runde zwei. Da ist ihnen ja auf Anhieb ein ganz spektakulärer Hit geglückt, nicht wahr?"

Kimberly, die sich bis eben ein wenig übertrieben an Hannes Werner geschmiegt hatte, richtet sich auf. „Oh, sie meinen das Spiel ‚Rausküssen'! Oh ja, das lief schon mal sehr vorteilhaft für mich."

Der alternde Moderator grinste kurz und wandte sich an die Zuschauer. „Damen und Herren, nicht jeder hat die komplizierten Spielregeln von ‚Sexy Roulette' im Kopf. Ich wiederhole noch einmal, Spiel zwei: Die Solodame lernt die sechzehn Toy-Boys kennen!"

Frenetischer Jubel, ich bin sicher, der war jetzt durch entsprechende Animatoren und hochgehaltene Schilder erzeugt worden.

„Anschließend küsst sie jeden von ihnen. Alle sechzehn, richtig innig, intim, mit Zunge und allem drum und dran. Da kommt die Halbierungs-Regel ins Spiel: Es dürfen acht Loverboys in die nächste Runde mitgehen, außer, es entscheiden sich mehr für die Solodame. Es können aber nur zwölf sein, mehr geht nicht. Ist die Acht erreicht, trifft nun die Dame die Entscheidung: Soll der Loverboy mit oder nicht? Sagt sie ja und er nein, verliert sie einen der sicheren Acht. Sagen beide nein, bleibt es, wie es ist. Nur, wenn sie ‚Ja' sagt und er auch, kann er in die nächste Runde mitkommen. Alles verstanden?"

Das Publikum murrt erst, dann ist Gelächter zu hören. „Nein, Damen und Herren, ich habe diese Regeln auch nie richtig verstanden. Viel zu kompliziert! Doch im Grunde ist es ganz simpel: Unsere Sololady muss so viele Loverboys wie möglich allein durchs Küssen zum weiter Mitmachen begeistern – und sicher sein, dass derjenige angebissen hat!"

Die Zuschauer klatschen und ich muss an unsere Vorbereitungen denken. Ich hatte das Spiel ja inzwischen begriffen: Zuerst musst du die Wichser im Internet für Dich gewinnen, dann aus den sechzehn ,Toy-Boys' so viele wie möglich in die nächste Runde retten. Das kann für die Frau zwar später anstrengend werden, aber es ist der Schlüssel für eine möglichst hohe Gewinnsumme. Also gilt es, mit Lippen und Zunge Männer von sich zu überzeugen.

Oh Gott, wie oft hatte ich das mit Kimberly vor der alles entscheidenden Sendung trainiert? Ich hatte vier Wochenenden lang alle meine männlichen Freunde und Bekannten rangekarrt und sie das mit denen üben lassen: Ihren Finger in ihre süße, feuchte Spalte, den Finger ablecken, dann den Kerl küssen. Ohne viel Zungeneinsatz, sondern Geschmack und Geruch wirken lassen. Sanft sein, ihn anatmen, ihm das Gefühl geben, der Grund für ihre Lust zu sein.

Immer wieder hatte ich ihr eingeschärft: Wenn Du aufhörst, geil zu sein, ist das Spiel für Dich gelaufen. Und sie hat es kapiert. Konnte sich in Sekunden feucht machen, dieses einmalige Aroma erzeugen, das Männer um den Verstand bringt. Es aus ihrer einmaligen Lustgrotte herausfingern, sich an die Lippen schmieren und einen Kuss hinlegen, dem niemand widerstehen kann.

Am Ende waren es neun Kerle, die ich in unserer Garage versammelt hatte und jeder hätte sie nach dieser Übung vom Fleck weg geheiratet. Sie alle hatten sich in meine Kimberly verliebt und boten mir teilweise utopische Summen für eine Nacht mit ihr. Neun, immerhin, aber in der Show würden es Sechzehn sein. Doch sie hatte kapiert, worauf es ankam.

Im TV hebt Hannes Werner gerade seine Hände und das Publikum wird still. Er senkt die Stimme, steht auf und geleitet Kimberly ebenfalls in die Senkrechte. Er nimmt sie in den Arm. „Nun, es gibt eine Göttin, die von den zwölf möglichen Toy-Boys bisher elf in die nächste Runde gebracht hat." Er sieht sich um, im Saal herrscht absolute Ruhe. „Ella Hardtfeld! Und hier ist sie!"

Unter tosendem Beifall stakst die Gewinnerin der drittletzten Sendung in den Saal, leicht bekleidet, grinsend und winkend. Hannes Werner umarmt sie und zieht sie heran. „Ella! Erzählen sie uns: Wie kriegt man so viele Männer allein mit Küssen herum?"

Klar, er braucht passende Stargäste. Soll er hier irgendwelche Schlagersternchen oder B-Promis präsentieren? Also holt er die bisherigen Spitzenreiterinnen der verschiedenen Spiele in die Sendung. Ella erzählt irgendwas, Kimberly lächelt, Hannes Werner tut interessiert und irgendwann ist die alte Schachtel verschwunden, der Moderator nimmt mein Mädel wieder in den Arm und wird ganz vertraulich. „Und nun, Kimberly, verraten sie uns ihr Geheimnis: Wie haben sie es geschafft, dass ALLE – also sechzehn von sechzehn – Toy-Boys mit ihnen in Runde drei gehen wollten?"

Jetzt brandet wieder so ein wilder, überschäumender Jubel auf, immerhin ist das ein Rekord, der erst mal wiederholt werden will. Meine Maus sitzt da, tut ganz gerührt und winkt ins Publikum und als es endlich wieder ruhiger wird, beugt sie sich vor, ganz nah zu dem Mikro, dass sich der Star-Moderator vor den Bauch hält. Das sieht sehr zweideutig aus und noch einmal läuft ein herzliches Gelächter durch die Menge, bis endlich die Quäkestimme meiner Kimberly zu hören ist. Sie klingt ein wenig unsicher und ist ganz leise. „Ach, Herr Werner, das mag ich ihnen lieber gar nicht sagen. Sehen sie, wenn das bekannt wird, machen es am Ende nur alle anderen Kandidatinnen nach und dann ist es nichts Besonderes mehr."

Sie schafft es tatsächlich, ein wenig rot zu werden und erträgt das wilde Pfeifkonzert, das ihre Worte ausgelöst haben. Dann lächelt sie und winkt mit der rechten Hand den Moderator heran. Ich bin sicher, niemand achtet darauf, wo sich ihre Linke gerade befindet, aber ich sehe es ganz genau: Immerhin habe ich das elend lang mit ihr geübt. Ich ahne, was das kleine Luder vorhat, und richtig, ihre nächsten Worte bestätigen meine Vermutung. „Herr Werner, erklären werde ich es nicht, aber wenn sie wollen, kann ich es ihnen zeigen..."

Wieder tobt die Menge, genau so etwas wünschen sich die Zuschauer. Hannes Werner hebt die Schultern, steht auf, wendet sich ans Publikum, derweil meine kleine, durchtriebene Kimberly mit der linken Hand wie zufällig über ihre Lippen wischt. Das Publikum feuert den Star-Moderator an. Er legt das Mikro aus der Hand – er benötigt es eh nicht, das ist reine Show – reicht Kimberly die Hand, hilft ihr, ebenfalls aufzustehen und sie stellt sich auf die Zehenspitzen, umarmt den alternden Medienstar und zieht ihn zu sich heran.

Während des Kusses, der bestimmt dreißig Sekunden dauert, brüllt sich das Publikum die Kehlen heiser und am Ende sieht man deutlich, dass meine Maus diese frivole Geschichte beenden möchte, Hannes Werner sie aber einfach nicht frei gibt. Und ob man es glaubt oder nicht: Sie blenden aus der Szene raus und bringen drei (!) Werbungen hintereinander.

Ich hole mir noch ein Bier. Jetzt dürften die Quoten richtig nach oben gehen, solche kleinen Skandälchen sprechen sich rum und halten die Zuschauer an den Geräten. Drei Werbungen hintereinander, verdammt. Das ist mutig, aber ich denke, jeder will jetzt wissen, wie es weitergeht und wird sich gerne zum X-ten Mal erzählen lassen, warum nur echte Männer dieses Bier trinken.

Endlich blenden sie zurück, diesmal auf die LCD-Leinwand in Großaufnahme, ein Replay von dem Kuss eben. Sie haben eine andere Perspektive, direkt auf Hannes Werners Gesicht, er kann die Geilheit nicht überspielen, die meine Kimberly bei ihm auslöst. Nun kommt auch noch das Ende, als sie sich immer hartnäckiger von ihm befreien will, er sie aber nicht loslässt. Einen Moment lang wird es richtig wild, aber dann stolpert sie von ihm weg und er lechzt hinter ihr her, besinnt sich, fängt sich, übertreibt und tut so, als habe er das alles nur vorspielen wollen: ein Profi eben.

Die Menge jubelt und sie fahren von der Leinwand zurück zur Sitzgruppe, auf der meine Kimberly ganz sittsam thront und Hannes Werner ihr mit übertrieben hängender Zunge gegenübersitzt und das Hecheln eines Hundes nachahmt. Dann tut er so, als bemerke die Kamera zu spät, springt auf und deutet auf meine Maus. „Kimberly Schwan, meine Damen, meine Herren! Kimberly Schwan! Ihre Küsse gehen durch bis ganz nach unten!"

Meine blonde Freundin winkt in die Kamera, zwinkert und lacht über beide Ohren und Hannes Werner setzt sich wieder, holt tief Luft und nickt ihr dann zu. „Kimberly, Kimberly… sie machen uns alle hier ganz schön scharf. Also, ich verstehe jetzt unsere Toy-Boys: Wen sie einmal SO geküsst haben, der dürfte ihnen ab dann für alle Zeiten hörig sein. Kein Wunder, dass alle Sechzehn mit ihnen ins Spiel 3 gegangen sind – das Spiel mit dem beziehungsreichen Namen ‚Krieg ihn hoch'!"

Anstelle eines tosenden Applauses geht nun ein Raunen durchs Publikum: Dieses Spiel ist ein erstes Highlight von ‚Sexy Roulette'. Das Setting ist denkbar einfach: Sie haben eine Glory-Hole-Wand aufgebaut und die Kandidatin muss jetzt von den normalerweise maximal zwölf Toy-Boys so viele wie möglich… nun ja, nennen wir es beim Namen: Hochblasen. Sie hat dafür aber nicht endlos Zeit, pro Mann im Schnitt eine Minute. Die Herausforderung ist, dass sie nur Zugriff auf die Körperteile unterhalb der Hüfte hat, sie darf allerdings Mund, Zunge, Hände und auch ihre Brüste zur Stimulation einsetzen, sofern ihr das anatomisch möglich ist.

Die Toy-Boys haben natürlich die Anweisung, ein Steifwerden ihres Gliedes zu unterdrücken, also arbeitet die Kandidatin hier nicht nur gegen die Zeit. Für die begleitende Kamera ist aber gerade dieses Spiel von größtem Interesse, da können sowohl ganz kreative Blow-Jobs gezeigt werden, als auch das wiederholte Scheitern bis dahin erfolgreicher Kandidatinnen. Die Toy-Boys treten einer nach dem anderen vor das Glory-Hole, dann läuft die Zeit und wenn das Glied innerhalb der verfügbaren Minute nicht sichtbar steht, ist er raus und die Gewinnsumme sinkt um einen nennenswerten Faktor. Ziel ist es, die Gruppe der Toy-Boys auf maximal sechs zu reduzieren, sonst gibt es im letzten, im achten Spiel, ein echtes Problem.

Bei Spiel 3 kommt also wirklich Spannung auf, das ist eine Mischung aus Marathon und Glücksspiel. Einerseits schwitzt man mit der Kandidatin, die sich hier immer wieder mit schlaffen Schwänzen abmüht und alle Register zieht, dann spürt man aber auch ihre grenzenlose Erleichterung, wenn einer hart wird und sich im vorgeschriebenen Winkel aufrichtet und als ‚gültig' weiter mitspielen darf. In der Regel schaffen gute Frauen etwa zwei Drittel der Toy-Boys, allerdings waren das bisher maximal elf gewesen.

Meine Kimberly hat sich in diesem Spiel sechzehn von ihnen gegenüber gesehen, kein Wunder, dass das Publikum ehrfürchtig reagiert. Außerdem ist es das letzte Spiel, bevor der Last-Out-Modus angewendet wird: Hier kann sie noch Masse machen, danach wird in jeder Runde einer der Toy-Boys automatisch rausfliegen.

Ich hole mir noch ein Bier. Das Spiel konnte ich mir auch life nicht anschauen, da war ich zu aufgeregt. Ich weiß nur, dass es einen frenetischen Jubel gegeben hat, ich wieder vors TV gestürzt bin und dann allein vier Jungs mit hocherhobenen Schwänzen aufmarschiert sind, ganz entgegen der Spielregel, eine völlige Neuheit: Die waren noch immer geil von ihrem Kuss! Vier von Sechzehn, immerhin. Somit blieben für meine Kimberly noch zwölf Boys übrig, bei denen sie sich anstrengen musste. Bei immerhin weiteren Vier hat sie es dann ja auch geschafft.

Als ich wieder vor der Kiste hocke, ist auf dem Studio-LCD immer noch mein Mädel mit vollen Backen zu sehen, sie bearbeitet den Vorletzten, aber vergeblich. Ich glaube, zu dem Zeitpunkt hat sie bereits die Vier weiter gebracht und ihr taten die Lippen weh, wie sie mir hinterher anvertraut hat. Dennoch lassen sie die Szene in der Hannes Werners Show in Slow-Motion ablaufen, mit einer Totalen auf Kimberlys Gesicht.

Das Publikum im Saal raunt, zwischendurch juchzt auch eine einzelne Frau auf. Irgendwann freezen sie das Bild, eine echt günstige Perspektive: Kimberly mit vollem Mund, einem halbsteifen Schwanz zwischen ihren Lippen, einem drolligen Augenaufschlag und einer widerspenstigen Haarsträhne, die sich keck um ihre Nase schlängelt und dem Ganzen etwas echt Authentisches gibt – wenn dieses Bild morgen nicht durchs Internet geht und nochmal eine Million Follower erzeugt, dann weiß ich auch nicht.

Hannes Werner, der Gott unter den Life-Moderatoren, wendet sich meinem Mädel zu, kneift die Augen zusammen, dann fährt seine Hand zwischen die Beine und er schüttelt sich. „Huahh, Kimberly! Acht Kerle hochgeblasen, und für vier davon hat ein einfacher Kuss gereicht! Sie wissen, dass es jetzt nur noch Sechs sein sollten?"

Die Menge tobt erneut, brüllt, trampelt und klatscht und mein Mädel sitzt da und guckt verlegen in die Runde. Nein, sie wird tatsächlich rot. Dann fährt sie sich mit der Zunge über die Lippen, öffnet ihren Mund und beugt sich zu der Kamera, die sie gerade in Großaufnahme zeigt (wir haben das vorher geübt, sie weiß, worauf sie achten muss!).

Jetzt blenden sie wieder Werbung ein und ich muss grinsen. Das ganze Spielsystem war zu dem Zeitpunkt komplett ausgehebelt. Sie geht mit acht Toy-Boys in Spiel 4 bis 8 – also können jetzt noch maximal fünf Typen rausfliegen. Das bedeutet, für den Siegerinnenfick am Ende stehen drei Kandidaten an, nicht Einer. Ich glaube, an dieser Stelle sind die Einschaltquoten explodiert.

Mein Telefon klingelt. Da immer noch der Amorelie-Spot läuft, gehe ich ran. „Hi, hier ist Anton." Ich weiß nicht sofort, wer da anruft, also frage ich nach. „Media Control, Anton Weismann. Du hattest mir den Tausender versprochen..."

Ich erinnere mich: Der Typ, der mir die Einschaltquoten durchsagen kann. Ich gebe ihm zu verstehen, dass er an der richtigen Adresse ist und lausche seinem Bericht. „Tja, eben hat SkySat5Plus die 33,3 überschritten. Das ist historisch. Jetzt sitzen schätzungsweise über siebzehn Millionen vor den Geräten und sehen sich die Hannes Werner Late Night Show an. Ist für einen Montagabend absolut spitze, eigentlich noch nie dagewesen. Die Kleine ist aber auch endgeil."

Ich sage ihm, dass er sich zwei Tausender verdient hat und lege auf. Braves Mädchen, meine Kimberly. Mal sehen, vielleicht kriegt sie ja eine eigene Show. RTL-Pro-HD hat uns ja schon geschrieben und jemand von Zett-Ard-Phoenix wollte in der kommenden Woche persönlich vorbeikommen. Ich tippe gerade die Zahlen in meine Honorarberechnungs-App, als die Werbung endet.

Wieder stehen Hannes Werner und mein Mädchen eng beieinander, ganz wie alte Kumpels. Er stiert ihr unverhohlen in den Ausschnitt und lässt anschließend seine Zunge aus dem Mund hängen. Das Publikum johlt. Dann wird er wieder ernst. „Nun das vierte Spiel, liebste Kimberly! Da wird es gaaanz, gaaanz heiß, wie jeder weiß!"

Die Zuschauer im Saal sprechen den letzten Satz im Chor mit. Ganz gut choreografiert, das sitzt auf Anhieb. Kimberly leckt sich wieder über die rotglänzenden Lippen und hüpft nervös von einem Bein aufs andere. Hannes Werners Stimme senkt sich, er wendet sich der Kamera zu und geht ein wenig in die Knie. „Das Spiel heißt: ‚Tricky Fingers', wie alle wissen! Unser Hot-Girl wird an dieses nette Messgerät angeschlossen, den Frequenzer, und dann darf sich jeder Toy-Boy mit seinen geschickten Fingern an ihr versuchen!"

Ein langgezogenes „Ouhhh" wabert durch die Halle. Auch das ist gut intoniert worden, die Animateure verstehen ihren Job. Vielleicht sollten wir doch besser eine eigene Show bei SkySat5Plus in Erwägung ziehen. Hannes Werner fährt fort, und obwohl ich die Regeln von ‚Sexy Roulette' inzwischen in- und auswendig kenne, konzentriere ich mich auf seine Ansage. „Und ab jetzt gilt der Last-Out-Modus! Das heißt ganz einfach: Der, der es am schlechtesten macht, fliegt raus! So dass am Ende nur ein einziger Hot-Lover für das Hot-Girl im Public-Love-Tank übrig bleibt!"

Jetzt tritt Hannes Werner wieder zu meinem Mädchen und nimmt sie in den Arm. „Unsere Kimberly hier aber hat beim Start von Spiel vier immer noch acht Toy-Boys im Rennen – das heißt, da geht es am Ende zu viert in den Public-Love-Tank!"

Wieder ein frenetischer Jubel in der Halle. Ja, da können sich alle dran erinnern. Ich glaube, die Zuschauer hat es gar nicht mehr interessiert, wer wann rausfliegt, die wollten nur mein Mädel sehen, wie es von drei Kerlen bestiegen wird. Klar, da geht die Fantasie durch: so eine Bombe wie Kimberly und dann drei Vorzeigeathleten beim gemeinsamen Wühlen in plüschigen Kissen.

Das war wohl jedem Zuschauer klar, dass die Jungs sich nicht hintereinander anstellen werden und das moderne Event-TV steuerte gezielt auf seinen dicksten Skandal der letzten und nächsten zwanzig Jahre zu.

Ist dann ja auch so gekommen. Ich werde jetzt abschalten. Ich will gar nicht noch einmal sehen, wie Mike beim Fingerspiel rausflog, Gerome beim „Eat-

Pussy-Game" – das übrigens genauso ablief wie Spiel 4 – dann hat es Hakan beim ‚Sixty-Niner' erwischt und Sandro war leider der ungeschickteste in Spiel 7, in dem es darum geht, dem Hot-Girl einen Orgasmus via Dildo zu verschaffen. Da braucht man nur das falsche Hilfsmittel wählen und schon ist man raus. Kimberly steht nicht so auf Größe, sie ist recht zierlich gebaut, trotz ihrer eindrucksvollen Oberweite.

Am Ende, vor dem achten und letzten Spiel, standen also vier Toy-Boys im Rennen: Öcan, Rami, Kevin und Branagh. Alle vier: Groß, dunkel, durchtrainiert, einfühlsam. Alle hübsch. Und einer muss noch gehen.

Ich hab mich ja ehrlich gewundert, dass sie nicht noch schnell die Regeln geändert haben, aber die hatten ja auch mitgekriegt, wie die Quote stand – das wollten die keineswegs riskieren, deshalb blieb es dabei: Einer fliegt raus, die anderen drei teilen sich die Frau.

Ja, und Rami hat's erwischt. Spiel 8 ist etwas für Romantiker: Die Kerle küssen das Mädel, das nach wie vor am Frequenzer angeschlossen ist. Und wer den niedrigsten Ausschlag verursacht, ist eben raus. Öcan: 7,69; Kevin: 6,52; Branagh: 6,31 und Rami leider nur 6,29 (einer der Techniker hat mir hinterher gesteckt, das alles über 5,5 einem Orgasmus schon recht nahe kommt).

Ach, was ist jetzt los? Aus dem TV brandet wieder ein total schriller Jubel auf! Ich muss mich orientieren: Da steht Hannes Werner und macht ein Gesicht wie der Weihnachtsmann. Meine Kimberly hält die Hände an die Wangen gepresst, hüpft auf der Stelle und schüttelt immer wieder den Kopf.

Was geht da vor? Ich drehe den Ton wieder lauter. Der beste Moderator aller Zeiten deutet auf das Besuchertor, seine Stimme hebt sich. „Und hier, liebe Zuschauer im Saal und Zuhause vor den Geräten, hier sind sie: Die Hot-Lover treffen erneut ihr Hot-Girl!"

Und herein stolzieren Öcan, Kevin und Branagh, nackt bis auf einen ledernen Lendenschurz, greifen sich meine Kimberly, die vor Freude aufjuchzt und zerren sie mit sich. Die Kamera schwenkt auf Hannes Werner, der sich mit einem diabolischem Grinsen die Krawatte vom Hals reißt. „Und dieses Mal, liebe Gäste, Zuschauer und Mitneurotiker, werde ich mir das nicht entgehen lassen:

Bis gleich im Public-Love-Tank, den wir hier für Sie noch einmal aufgebaut haben! Und denken sie nicht zu schlecht von mir: Die gute Kimberly hat mich persönlich dazu eingeladen!"

Er zwinkert noch einmal, wirft dann sein Mikro weg, schlüpft aus seinem Jackett und läuft den Toy-Boys und meiner Maus hinterher. Okay, jetzt setzen sie noch einen drauf, geben Kimberly zu viert, mir soll es recht sein. Ich schalte das TV ab und gebe ein paar Zahlen in meinen Honorar-Rechner ein. Da kann man schon reich werden mit so einem Mädel wie der Kimberly.

Ich gehe im Kopf meinen weiblichen Bekanntenkreis durch. Kenne ich eigentlich noch so eine wie sie?

~

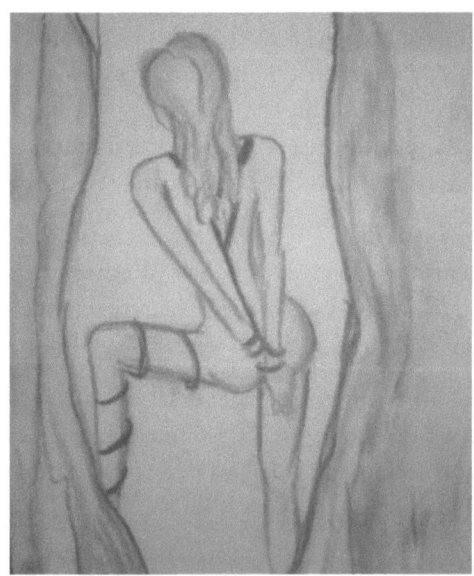

Mister Dabbeljuh

Ich kannte Mister Dabbeljuh erst seit wenigen Monaten. Er war noch nicht so lange in unserem Kreis, diesem Sündenpfuhl. Dieser zufälligen, überwiegend oberflächlichen Gesellschaft aus alternden Männern und Frauen, die sich vorgeblich hedonistisch gaben und dabei doch nur gegen ihren Verfall ankämpften.

Ich fühlte mich allerdings wohl dort, bei den mehr oder weniger regelmäßigen Treffen in Hotelzimmern – nein, ganzen Etagen manchmal, für diesen Event gebucht – oder in den feudalen, Swimming-Pool bestückten Privatvillen, in denen die Partys gefeiert wurden, auf denen ich, die einzige Achtundzwanzigjährige in dieser Runde, die einzige, die dem Gardemaß entsprach und junge, glatte Haut zu bieten hatte, wie eine Trophäe herumgereicht wurde und der Aufmerksamkeit aller Anwesenden gewiss war.

Aller Anwesenden? Nein, Mister Dabbeljuh, wie ich ihn insgeheim genannt hatte, nahm einfach keine Notiz von mir. Er schien in seiner eigenen Welt zu leben. Er genoss sichtlich das frivole, oft genug auch sehr eindeutige Treiben um sich herum, aber bisher habe ich nie bemerkt, dass er aktiv geworden wäre, selbst das wildeste Gewühl menschlicher Leiber konnte ihn offenbar nicht aus der Ruhe oder gar in Fahrt bringen.

Er saß an der Bar oder in einem der antiquiert wirkenden Sessel, einen Drink in der Hand – Whisky, wie ich mir hatte sagen lassen, bevorzugt Single Highland Malt – trug seinen unmodischen Hut, war meist in schwarz gekleidet, als wolle er die Existentialisten des vergangenen Jahrhunderts kopieren und blieb – distanziert.

Wie oft hatte ich versucht, ihn zu reizen, ihn zu locken, ihn zu einer Aktivität zu bewegen? Doch weder mein junger Körper, noch meine irgendwann offen zur Schau gestellte, hündische Hingabe schienen ihn in irgendeiner Weise zu berühren.

Hin und wieder hatte er diese Frau dabei, sie war ebenfalls alt, wenn man nach ihrer Haut ging. Vielleicht seine Ehefrau? Vielleicht lebten sie in ihrem Alltag ja monogam und gehörten gar nicht hierher. Vielleicht reagierte er deshalb so gar nicht auf mich. Vielleicht holte er sich nur Inspiration aus diesen Veranstaltungen, er hatte immerhin drei Kurzgeschichtenbände veröffentlicht, wie ich wusste. Ich hatte sie alle verschlungen, es mir bei jeder Geschichte, die ich von ihm gelesen hatte es mir selbst gemacht, immer in Gedanken bei ihm, wie er nur eine Hand auf mich legte, selbstgefällig, seinen Johnny Walker in der Hand – oder was immer er da trank.

Doch er interessierte sich nicht für mich, mein Mister Dabbeljuh. Ja, sein Name. Er hatte einen Nachnamen als Vorname, das war schon exotisch. Er klang wie ein Relikt aus einer längst vergangenen Zeit. Wagner. So heißt man doch nicht.

Die blonde Frau, die er immer wieder mal mitbrachte zu unseren Events war genau wie er. Sie beteiligte sich nicht, obwohl viele der älteren Männer ganz offensichtlich auf sie standen. Sie war hübsch, auf ihre Weise. Schlank, immer noch. Naja, wie eine Achtzehnjährige sah sie nicht mehr aus. Hier und da gerieten einige Körperpartien außer Form. Dennoch wirkte sie. Sie war ein bisschen was zwischen einem Engel und einer Domina. Weich und herb gleichzeitig.

Genau wie er. Er war keiner dieser hübschen Männer, mein Mister Dabbeljuh. Kein Schönling. Kein ,Sweet talking Romeo', wie ,The Boss' das so punktgenau, treffend, wissend ausgedrückt hatte. Er wirkte eher ,tougher than the rest', kantig, energisch, groß und hager, und er hatte Gottseidank keinen Bauch. Aber er tat oft überheblich. War bestimmt schon sechzig, mein Gott. Ich nicht mal halb so alt. Wie konnte ich nur?

Aber, ganz ehrlich: Ich habe ein Faible für ältere Herren. Vor allem, wenn sie nicht wie mein Opa wirken, also mein Opa aus Kindertagen. Mister Dabbeljuh war eine Art Exzentriker, ein unnahbarer Freak. Der wäre sicher ohne jedes Problem in meinen Lieblingsclub reingekommen. Wahrscheinlich hätte man

ihm dort eine VIP-Lounge und drei zwanzigjährige Gogo-Tänzerinnen zuge-
wiesen. Und die Johnny-Walkers wären aufs Haus gegangen.

Nein, wirklich berühmt war er nicht. Aber er wirkte so. Und er benahm sich
so. Er war einfach ein Typ, und mir juckte das Höschen, wenn ich ihn nur sah,
selbst aus der Ferne. Und ich kam nicht an ihn heran, so sehr ich mich auch
bemühte. Ich hatte schon einiges probiert, was bei anderen Männern seines Alters ein spontanes Extrem-Anbaggern ausgelöst hatte: Anlächeln. Anlächeln
mit Kussmund. Die Hüfte rollen im Vorbeigehen. Stehenbleiben, Blick über
die Schulter, niedergeschlagene Augen und halboffener Mund. Sich neben ihn
an die Bar stellen. Zigarettenrauch in seine Richtung blasen. Sich mit dem Po
an seinem Knie reiben, wie zufällig. Sich beim vorgeblichen Stolpern auf seine
Oberschenkel aufstützen (dabei hat er den Whisky verschüttet und mich miss-
billigend angesehen, bevor er brummend begann, die Hose zu reinigen). Ihm
beim Hose reinigen helfen.

Aber das war alles für die Katz gewesen: Er interessierte sich einfach nicht für
mich. Weder für mich, noch für meine Optik. Und die hatte bisher jeden älteren Herrn vom Sockel gehauen. Ich war schlank. Kastanienrot. Hochgewach-
sen, mit langen, grazilen Beinen. Meine Brüste hängen nicht, sie stehen. B-Cup,
genau richtig. Ich habe einen hübschen, jugendlichen Knackarsch. Und einen
kleinen, zarten Schmetterling zwischen den Schenkeln, auf den ein sorgsam ge-
trimmter Streifen naturroter Härchen verweist. Manche der anderen Herren
auf diesen Veranstaltungen haben mir schon nette Sümmchen für eine Nacht
geboten, einige sogar für nur eine einzige Nummer mit mir.

Dieser Wagner E. Stein aber, der arrogante Klotz, warf mir nicht mal einen
zweiten Blick nach. Er fummelte lieber an seiner alten Tussi herum, wenn er sie
dabei hatte. Wenn nicht, führte er lange und sehr theoretische Gespräche mit
jedem, der sich nicht rechtzeitig retten konnte. Dennoch mochten ihn alle und
luden ihn wieder und wieder ein.

Heute sollte er sogar eine Lesung halten – irgendwie schien der Veranstalter
der Party dies gut zu finden. Um mich herum kopulierten einige Paare und
mein Weg zu ihm war begleitet von gierigen Fingern, die sich zwischen meine

Schenkel wanden, die mich einzufangen versuchten. Aber ich hielt eisern mein Tablett fest, fest an meine kleinen, hellen Brüste gedrückt und bemühte mich, mich durchzukämpfen zu ihm, bis zur Bühne, um ihm endlich so nahe zu kommen, dass ich eine Bestellung aufnehmen konnte.

Ich weiß, dass ich exotisch wirke in diesen Kreisen von alternden, braungebrannten Blondinen und Brünetten, dunkelhäutigen Schwarzhaarigen, denn ich bin Kastanienbraun und meine Haut ist heller als der Durchschnitt. Ich bin nur leicht getönt, meine Brustwarzen sind rosa und meine Höfe nicht besonders groß. Und meine Augen sind grün. Aber ich bin jung. Die Haut ist ,Irish Skinned', vielleicht mag er das ja. Klar, die meisten Männer, die mich hatten, bezeichnen mich als ,süß', aber was will man damit anfangen?

Ich wollte keinesfalls akzeptieren, dass ich nicht sein Typ sei. Dass mein Mister Dabbeljuh ausschließlich auf sonnengebräunte Blondinen mit graublauen Augen stand – seine dauernde Gefährtin sah so aus. Vielleicht würde er mich bemerken, wenn ich etwas Besonderes für ihn tat – ich wünschte mir so sehr, dass ich Mister Dabbeljuh wenigstens einmal auffallen würde, ganz egal, was dann geschah.

Deshalb ignorierte ich an diesem Abend all die grabschenden Finger, die mich aufzuhalten versuchten, ja, teilweise sogar in mich eindrangen und mich in den Bann kurzfristiger Lust ziehen wollten. Ich wühlte mich stoisch voran, bis ich endlich vor ihm stand. Auf der Bühne. Er sah auf... und lächelte. „Einlaggawollin"

Das war das einzige Wort, das er an mich richtete. Ich konnte nicht anders, als mich zu ihm herabzubeugen – er saß ja, wichtig und imposant vor seinem Mikrofon – und zu flüstern. „Bitte?"

Er lachte. Mein Gott, was für ein Geschenk! Er lachte. Dann spürte ich seine Hand auf meinem Arsch. Seine ganze Hand. Kräftig und energisch. Er zog mich zu sich heran. Ich glaube, in dem Moment bin ich ausgelaufen. Er schnüffelte, ließ seine Finger auf meiner Haut wandern, berührte mich kurz zwischen den Schenkeln, der Teufel, dann griff er in mein Haupthaar, diese rote, widerborstige Mähne, zog mich zu sich herab und sprach sehr deutlich, sehr leise, aber bestimmt. „Wenn Du etwas für mich tun willst, Scotty, dann bring mir bitte noch einen Lagavullin."

Er sah mich an und hielt den Atem an. Ich kaute auf meinen Lippen, bis ich endlich reden konnte. „Scotty? Warum Scotty?" Er räusperte sich, wendete sich ab, zog mein Ohr näher an seinen Mund.

„Du siehst verdammt schottisch aus. Ginger-Head. Lagavullin, okay?" Das Zwinkern lag in seiner Stimme. Er sah mich eindringlich an und ich nickte – mit offenem Mund.

Ich glaube, ich habe Jahre gebraucht, um ihm diesen Whisky zu bringen. Ein Standard, glaube ich. Pierre, der Barkeeper, klärte mich auf: „Sechzehn Jahre alt, Exportwhisky Nummer eins, schottische Highlands, wer den trinkt, versteht was von der Welt."

Ja, schrie es in mir. Mister Dabbeljuh ist die Welt!

Ich bahnte mir erneut den Weg durch die ineinander verschlungenen Leiber, ließ dicke Männer und dicke Frauen, die verzweifelt um einen Orgasmus kämpften, hinter mir, während Mister Dabbeljuhs Stimme aus den Lautsprechern drang und von einer Salina erzählte, die offenbar von zwei Jungs gleichzeitig beglückt wurde, leise Ironie schwang in dieser Stimme mit und ich war feucht und würde heute Nacht nicht von seiner Seite weichen, egal, mit welchen alternden Frauen ich um ihn kämpfen musste.

Ich erreichte das Lesepult, an dem er saß und stellte das Glas mit der goldenen Flüssigkeit ab, die kleine Karaffe mit dem stillen Wasser ebenso, direkt vor ihm, und er sah auf, nahm meine Hand und zog mich zu sich. Ich ließ das Tablett fallen und setzte mich auf seinen Schoß, doch er dirigierte mich auf die Knie, neben sich, sitzen zur linken Gottes, so wollte er es. Wie in Trance folgte ich der Lesung, seiner Stimme, spürte eine seiner Hände auf meiner viel zu kleinen Brust, wie er daran spielte, so ganz nebenbei, als wäre ich sein.

Am Ende – ich glaube, Salina bekam noch einen weiteren Galan dazu – klatschten alle im Publikum und er stand auf, verbeugte sich, zog mich hoch – an den Brustwarzen, wenn ich mich recht erinnere – und führte mich schnurstracks die Treppe hinauf. Ich folgte, wagte kaum zu atmen, es näherte sich eine Tür, die er aufschloss. Er sah mich nicht einmal an. Doch bevor er mich in sein Zimmer schob, entledigte er mich aller verbliebenen Kleidungsstücke... vom String, den Heels und dem Halsband.

Dann schob er mich in das Zimmer. Dort lag die blonde Frau auf dem Bett. Nackt. Ich landete in ihren Armen, gleich darauf war er in mir. Hinten. So ein Teufel. Ich erlebte eine wundervolle Nacht mit diesen beiden alten Menschen. So wie ich es mir erträumt hatte mit meinem Mister Dabbeljuh. Und besser. Und mehr.

Irgendwann gab es eine Pause. Ich hatte ein dringendes Bedürfnis und ließ die beiden einen Moment allein. Als ich aus der Toilette kam, hörte ich ein Kichern. Das war ihre Stimme. „Du Schäfchen, Wagner. Ich war immer davon überzeugt, dass Du auch jüngere Frauen begeistern kannst. Schau nur, die Kleine ist ganz vernarrt in Dich."

Als Antwort war ein Brummen zu hören. Und eine Art Schulterzucken. Dann wieder ihr leises, zärtliches Lachen. „Glaub an Dich, Wagner E. Stein. Diese junge Frau hat so oft versucht, Dich zu beeindrucken und Du hast es nicht bemerken wollen, weil Du Dich für zu alt hältst. Was glaubst Du, wie sie sich dabei gefühlt hat? Jetzt lass das Grübeln und genieße sie... sie mag Dich, da bin ich mir sicher."

Dann raschelte es. Ich trat aus der kleinen Kabine, in der ich bis eben mit angehaltenem Atem gestanden hatte. Die blonde Frau erhob sich und kam auf mich zu. Sie gab mir einen Kuss – meine Herren, die konnte küssen, das hatte ich ja in den letzten Stunden erfahren dürfen – und legte mir die Hand auf die Schulter, zog mich an sich und flüsterte mir ins Ohr. „Sei nachsichtig mit ihm, Scotty. Er ist ein wenig schüchtern, weil Du so jung bist. Ich wünsche euch viel Spaß."

Mit diesen Worten verließ sie das Zimmer. Ich blickte ihr hinterher. Dann warf ich mich mit einem Juchzen aufs Bett, zu meinem Mister Dabbeljuh.

~

118

Hat Ihnen die Lektüre Spaß gemacht, lieber Leser?

Dann tun Sie mir doch den Gefallen und teilen dies der Welt mit – beispielsweise als Rezension in der weiten Welt des Internet.

In Kürze werde ich weitere Kurzgeschichten und Texte in Band 3 veröffentlichen – ich würde mich freuen, Sie dann erneut zu einem inspirierenden Leseabend begrüßen zu dürfen. Und Band 1 ist bereits seit einigen Wochen im Handel verfügbar.

Ich verbleibe jedenfalls mit einem herzlichen Gruß,

Ihr Wagner E. Stein

~

Zeitfracht Medien GmbH
Ferdinand-Jühlke-Straße 7
99095 Erfurt, Deutschland
produktsicherheit@kolibri360.de